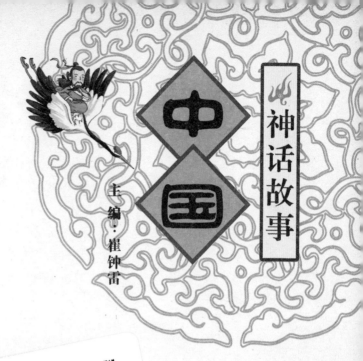

中国神话故事

神话故事

主编·崔钟雷

U0140959

延边教育出版社

前 言

　　孩子从咿呀学语到蹒跚学步，从识字读文到遣词造句，陪伴他们的除了各式各样的玩具，就是一本本精美的图书了。孩子就犹如一朵娇嫩的花，不断地从各个方面吸收养料，不仅从家长和老师的谆谆教诲里知晓做人的道理，还从一本本的好书中汲取知识，凝聚奋进的力量。

　　为了拓宽孩子们的视野，培养他们的阅读兴趣，我们精心编排了《智慧书坊》这套丛书，并将《鲁宾孙漂流记》《名人传》《名人名言》《海底两万里》《中国神话故事》《伊索寓言》收录在此套丛书中，精练、生动、优美的文字，精美的插图让孩子们在阅读中感悟，在阅读中成长。在本套丛书中可以让孩子们了解生动有趣的神话故事、闪烁着智慧光芒的寓言故事，也可以让他们感受到历险故事的神奇、名人传记与言论所特有的震撼，这一本本好书将伴随孩子们度过美好的童年。

　　最后，我们真诚希望孩子们健康、茁壮地成长。

目录

目录

盘古开天辟地

很久很久以前，当天和地还没有分开的时候，宇宙只是混沌黑暗的一团，好像一个大鸡蛋。人类的老祖先盘古就孕育在这黑暗混沌的大鸡蛋里。他在大鸡蛋里孕育着，成长着，经过了一万八千年。

有一天，他忽然醒了过来，睁开眼睛一看，哎呀，什么也看不见，眼前只是漆黑模糊的一片，闷得人心里直发慌。

他觉得这种状况非常令人讨厌。于是，他不知道从哪里抓过来一把大板斧，朝着眼前的黑暗混沌用力一挥，只听山崩地裂的一声——大鸡蛋裂开来了。其中有些轻而清的东西冉冉上升，变成了天；另外

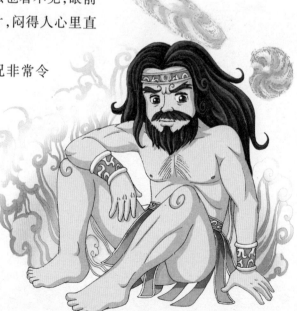

一些重而浊的东西,渐渐下降,变成了地。天和地当中还有些地方粘连不断,盘古就找来一把凿子,左手执凿,右手拿斧,或用板斧砍,或使凿子凿。盘古就这么威风凛凛、气势磅礴地在那里一斧一凿地辛勤工作着,不久就把天和地完全分开了。

天和地分开以后,盘古怕它们还会合拢,就头顶天、脚踏地,站在天地当中,随它们的变化而变化。

天每天升高一丈,地每天加厚一丈,盘古的身子也每天跟着增长。这样又过了一万八千年,天升得极高了,地变得极厚了,盘古的身子也长得极高了。

盘古的身子究竟有多高呢? 有人推算,说是有九万里那么高。这个巍峨的巨人,像一根长柱子似的直挺挺地撑在天和地当中,不让天和地有重归于黑暗混沌的机会。

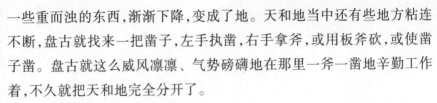

不知道经过了多少年,天和地的构造似乎已经相当稳固了,盘古不必担心它们会再合在一起了,他也需要休息休息了。于是,他也和我们人类一样,倒下来死去了。

他死的时候,周身发生了巨大的变化。他口里呼出的气变成了风和云,他的声音变成了轰隆隆的雷电;他的左眼变成了太阳,右眼变成了月亮;他的手足和身躯变成了大地的四极和五方的名山；他的血液变成了江河；他的筋脉变成了道路；他的肌肉变成了田土；他的头发和胡须变成了天上的星星；他的皮肤和汗毛变成了花草树木；他的牙齿、骨头、骨髓等，也都变成了闪光的金属、坚硬的石头、圆亮的珍珠和晶莹的玉石；就连他身上出的汗，也变成了雨露，滋润着天地万物。

万水千山

北京有一个很美丽的皇家花园，叫颐和园。它是1750年兴建的，是清朝的皇家花园和行宫。颐和园里著名的景点是万寿山和昆明湖，它集中了全国园林艺术的精华。这座美丽的皇家花园在1860年的时候遭到了八国联军的严重破坏。

女娲造人

盘古开天辟地以后，天上有了太阳、月亮和星星，地上有了山川草木，甚至有了鸟兽虫鱼，可是唯独没有人类。这世间，无论怎样看，都显得有些荒凉和寂寞。

不知道何时，天地间出现了一个神通广大的女神，名叫女娲。据说，她一天能够变化70次。

有一天，天神女娲看着周围的景象，感到非常孤独。她觉得在这天地之间，缺少一些使它生机蓬勃的东西。

她走啊走，走得有些倦了，偶然在一个池子旁边蹲下身来。澄清的池水映照出她的面容和身影：她笑，池水里的影子也朝她笑；她假装生气，池水里的影子也假装和她生气。她灵机一动：世间各种各样的生物都有了,唯独没有像自己一样的生物,那为什么不创造出一种像自己一样的生物来呢?

想着想着,她顺手从池边掘起一团黄泥,和了水,对照着水中自己的倒影,在手里揉着,捏出了小手小脚,还有漂亮的小脸,最后,捏成了一个像娃娃一样的小东西。

她把这个小东西放到地面上。说也奇怪,这个泥捏的小家伙刚一落到地面,马上就活了起来,并且一开口就喊:"妈妈!"接着便是一阵兴高采烈地跳跃和欢呼,以此表达他获得生命的喜悦。

女娲看着她亲手创造的这个聪明美丽的小生命,又听见他喊自己"妈妈",不由得满心欢喜,眉开眼笑。她给心爱的孩子取了一个名字,叫做"人",并把最美好的祝福都送给他。人的身材虽小,但因为是神创造的,所以相貌和举止也有些像神,甚至有一种管理宇宙的非凡气概。

女娲对她这件完美的作品,感到很满意。于是,她又继续动手做造人的工作,她用黄泥做了许多能说会走的可爱的小人儿。这些小人儿在她的周围跳跃欢呼,让她心里有说不出的高兴和安慰。从此,她再也感觉不到孤独和寂寞了。

女娲做着,做着,一直工作到晚霞布满天空,星星和月亮射出幽光。夜深了,她只把头枕在崖上,略睡一会儿。第二天,天刚蒙蒙亮,她又赶紧起来继续工作。

她一心想让这些灵敏的小生物布满大地。但是，大地毕竟太大了，她工作了许多年，还是没有完成这个愿望，而她自己却已疲惫不堪了。

最后，她想出了一个绝妙的造人方法。她从崖壁上拉下一条枯藤，把枯藤伸进一个泥潭里，搅浑了浑黄的泥浆，向地面上洒去。泥点溅落的地方，就出现了许多小小的叫着跳着的小人儿，他们和先前用黄泥捏成的小人儿一模一样。

用这种方法来造人，果然简单省事。藤条一挥，就有好些活的人类出现，大地上不久就布满了人类的踪迹。不过，因为藤条挥舞时溅落的泥点多少不均，所以人有的长的高大，有的长的矮小，也因此出现了健全的人和残疾的人。

大地上虽然有了人类，女娲的工作却还没有停止。她又考虑到人类是要死亡的，总不能死亡了一批再创造一批吧？那样未免太麻烦了。

最后她终于想出了一个办法：就是把那些小人儿分为男女两个性别，让男人和女人组成一个家庭去生育后代，并担负起养育孩子的责任。这样，人类就世世代代繁衍下来，并且一天比一天多起来了。

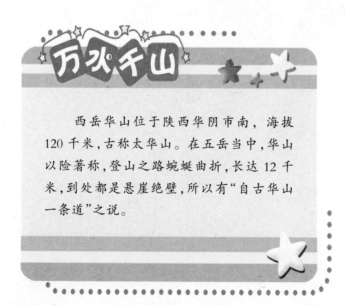

万水千山

西岳华山位于陕西华阴市南，海拔120千米，古称太华山。在五岳当中，华山以险著称，登山之路蜿蜒曲折，长达12千米，到处都是悬崖绝壁，所以有"自古华山一条道"之说。

女娲补天

女娲创造人类之后，多年来平安无事，人类一直过着幸福快乐的日子。

不料有一年，半边天空突然坍塌下来，天上露出许多丑陋的大窟窿，地面上也裂开一道道纵横交错的深坑。在这次大灾难中，山林燃起了熊熊大火，洪水从地底喷涌而出，波浪滔天，大地顷刻间变成了海洋。人类已经无法生存下去，同时又遭受到从山林的大火里逃窜出来的各种恶禽猛兽的残害——这日子是多么难过啊！女娲看见她的孩子们遭受到这么可怕的灾难，心痛极了。她没工夫去追究祸乱的原因，而是赶忙亲自动手，辛辛苦苦地来修补残破的苍天。

这件工作真是巨大而又艰难呀！可是女娲为了心爱的孩子们的幸福，勇敢地担负起了这个重担。

她先到大江大河里挑选了许多五色石子，然后，架起一堆火，把这些石子熔炼成胶糊状的液体。再拿这些胶糊状的液体，把天上一个个丑陋的窟窿都填补好。

女娲怕补好的天空再坍塌，便杀了一只大乌龟，砍下了乌龟的四只脚，竖立在

大地的四方，当成天柱，把人类头顶的天空像帐篷似的撑起来。由于柱子很结实，天空再也没有坍塌的危险了。

那时，中原一带有一条凶恶的黑龙在兴风作浪，危害人间。女娲便赶到那里，与黑龙搏斗，最后杀死了这条黑龙。同时，女娲又赶走了各种恶禽猛兽，使人类不再受它们的残害。

这时，只剩下洪水的祸患没有平息了。女娲便把河边的苇草烧成灰，堆积起来，堵塞住了滔天的洪水。

这时候，大地上又出现了欣欣向荣的景象，春、夏、秋、冬四个季节，依着顺序去而复来，该热就热，该冷就冷；恶禽猛兽死的就此灭绝，活着的也渐渐变得性情温顺了；原野里长满了天然的食物，只要花点儿力气，就可以吃饱。人类过上了无忧无虑的快乐生活。

女娲看见她的孩子们生活得很好，自己心里也很高兴，便想要休息了。这种休息，人类称之为"死"。但女娲的死，却不是灭亡，而是像盘古一样，化为了宇宙间的许多事物，永远陪伴在她的孩子们的身边。

万水千山

长城位于中国北部，是人类文明史上最伟大的建筑工程之一。长城始建于春秋战国时期，它东起山海关，西到嘉峪关，全长6700千米。孙中山曾这样评价长城："始皇虽无道，而长城之有功于后世，实上大禹治水等。"

共工怒触不周山

人首蛇身的水神共工，是天上一位有名的恶神，他非常愚蠢，又性情凶残。

共工手下有一个叫相柳的，他也是人首蛇身，长着九个脑袋，性情凶残贪婪，是共工最大的帮凶。另有一个叫浮游的手下，也是他的帮凶。共工还有一个没有名字的儿子，更是个无恶不作的坏蛋。后来这个儿子死在冬至那天，死后竟变成了厉鬼，继续在人间作恶。

一次，水神共工与火神祝融之间发生了矛盾，一场战争不可避免地爆发了。共工带着他的手下蛇身九头怪相柳和浮游，以及他那个没有名字却作恶多端的儿子与火神祝融开战了。

这是一场杀得昏天黑地的恶战。因为水和火本来就是两种完全不能相容

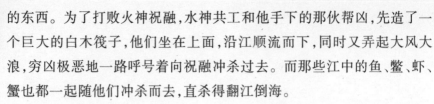

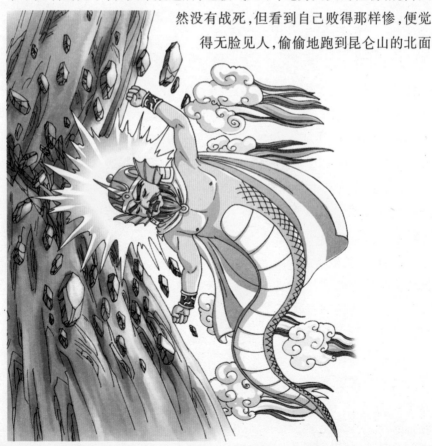

的东西。为了打败火神祝融,水神共工和他手下的那伙帮凶,先造了一个巨大的白木筏子,他们坐在上面,沿江顺流而下,同时又弄起大风大浪,穷凶极恶地一路呼号着向祝融冲杀过去。而那些江中的鱼、鳖、虾、蟹也都一起随他们冲杀而去,直杀得翻江倒海。

尽管共工来势汹汹,锐不可当,但他终究没能战胜祝融。火神祝融发出的熊熊烈焰,铺天盖地般燃烧起来,直把江河里的虾兵蟹将烧得焦头烂额,狼狈逃窜。他们的统帅共工也是大败而逃。最终,代表光明的火神祝融打败了代表黑暗的水神共工。

共工的手下浮游是个急性子,战败后,便投进淮河自杀了;共工那个不知名的儿子,在大军败退后,也被气死了;蛇身九头的怪物相柳,虽然没有战死,但看到自己败得那样惨,便觉得无脸见人,偷偷地跑到昆仑山的北面隐居去了。

水神共工眼见兵败如山倒，手下死的死，逃的逃，连自己的儿子也没能保住，真是又羞愧又恼怒，也觉得没有脸面再活在人世间了，于是，就一头朝西方的不周山撞去。这一撞可不要紧，他自己没有撞死，反到使天与地改变了模样，使世界发生了可怕的大灾难。

原来，这西方的不周山是一根擎天的柱子。这柱子被共工这么一撞，竟然断裂开来。随着大地一角的损坏，半边天也塌了下来，天上露出一个非常大的窟窿，地面上裂出了一道道纵横交错的大深沟。

这次水神共工闯下了滔天大祸，山林里的大火熊熊燃烧而不灭，地上的洪水滚滚而不息。人类陷入了这场突如其来的灾难之中，他们毫无办法，只能忍受着无尽的煎熬。

万水千山

位于北京城南的天坛是明清时期皇帝祭祀天地的地方，它的建筑布局严谨，结构奇特，装饰瑰丽，在建筑物的四周还种植了许多象征崇敬、祈求之意的松柏。天坛是我国现存最精致、最美丽的古建筑群。

黄帝大战蚩尤

远古时候，天地间有一位神，他就是黄帝。黄帝不仅神通广大，而且统治着东南西北四方的天帝。

一天，黄帝率众神到泰山举行规模盛大的泰山大会。毕方鸟为黄帝驾车，蚩尤带着成群的虎狼在前面开路。风伯紧跟在蚩尤后面，掀起大风将尘埃吹走。雨师紧跟风伯之后，降下甘露洒湿路面。其余鬼神都跟在黄帝车子后面。队伍浩浩荡荡，十分威武。

蚩尤一边在前面开路，一边在心中升起忌妒之火。他想：为什么同是神仙，黄帝就这么尊贵，自己却要辛辛苦苦地为他开路？

再说黄帝，他的宝车登上山顶时，碧空如洗，红日高照。黄帝脸上红光四溢，向前来参加大会的四方天帝问好，还委婉地谢绝了四方天帝献上的奇珍异宝。

黄帝的行为,使所有鬼神都感动得跪拜在地。虽然蚩尤也在跪拜之列,但他却妒火中烧,咬牙切齿地想:"哼!有朝一日我要让众神都来跪拜我。"

蚩尤从泰山归来,在一个山洞里,召来了他的几十个弟弟。他阴险地说:"黄帝在泰山出尽了风头,而我只能给他开路,这明明是看不起咱们!"听了蚩尤的话,他的弟弟们哇哇乱叫:"大哥,他算什么东西!干脆把他杀了,让大哥当中央的天帝。"

蚩尤见弟弟们的怒火被自己煽了起来,心中暗自高兴。他想了想说:"黄帝有四方天神保护着,咱们怕打不过他。不如先攻打炎帝,占了他的地盘,咱们的势力也就扩大了,慢慢再打黄帝的主意。"弟弟们一听都愣住了,不解地问:"攻打炎帝?他可是咱们的爷爷呀!孙子推翻爷爷,这样做不好吧?"蚩尤铁青着脸威胁说:"只要自己活得舒服,还管别人干嘛?说!你们谁不愿意?"弟弟们举起石刀,齐声喊道:"愿随大哥血战到底。"

第二天,月亮还没落,蚩尤的大军已把炎帝的城堡围了个水泄不通。

炎帝见状又惊又怒。他手下的大将火神祝融主动请战,带领众兵,一马向前,高声喝问:"蚩尤出来回话,为什么要拥兵围城?"蚩尤乘着战车,耀武扬威地说:"祝融老儿听着,我们前来夺取炎帝老儿的宝座。"祝融怒斥道:"炎帝仁德齐天,人神共爱,你围攻祖父,以下犯上,天地不容。还不退兵!"

蚩尤恼羞成怒，破口大骂："你死到临头，还敢教训老子！"炎帝在城头上问道："蚩尤孙儿，你听了谁的坏话，敢做大逆不道的事？听爷爷的话，快回去吧！"

听了炎帝的话，弟弟们都羞愧地低下了头，蚩尤心里也有些发虚，但他为了一己私欲，一狠心喊道："弟兄们，想跟我享受荣华富贵的，快杀上去！"一个想抢头功的弟弟带领一队人马扑向祝融。祝融手下一员大将跃马迎战，双方杀得难解难分。

炎帝的军队由于缺乏准备，仓促应战，所以连折几员大将，死伤惨重。祝融见形势危急，连忙脚踏祥云，升到空中，张口向蚩尤的军队喷出熊熊大火，烧得蚩尤军队大败而逃。

但是，大火也烧毁了良田、树木和民房，许多人都葬身火海。炎帝连忙用神力扑灭了大火。蚩尤见大火熄灭了，又率兵杀了回来，猛攻炎帝

的城堡。祝融怒不可遏，又要喷火。炎帝忙说："慢！为了不让黎民百姓再遭火难，这个天帝的宝座，就让给那个畜生吧！"说罢，泪如雨下。

祝融只好打开北门，护送炎帝逃到了北方的涿鹿。蚩尤抢占了炎帝的宝座，得意忘形地接受朝拜，大摆酒宴封赏他的弟弟们。

过了几天，蚩尤又把弟弟们召集到密室里，作了一番安排。于是蚩尤的弟弟们各带一百精锐将士，按照蚩尤的吩咐各自行动去了。而蚩尤则躲在后花园一个神秘的地方，不再露面了。谁也不知道他在干什么。

日子一天天地过去了。到了第三十天，蚩尤的弟弟们各自带领成千上万的兵马回来了。原来，这些日子他们是到各个部落招兵

去了。而蚩尤呢,则在后花园那个神秘的地方打造了各种兵器。

蚩尤有了几十万军队,又有了精良的武器,就浩浩荡荡地杀往涿鹿。炎帝的军队虽然作战也很英勇,无奈寡不敌众,兵器又落后,涿鹿危在旦夕。他只好驾起祥云,往昆仑山向黄帝求援去了。

黄帝对蚩尤的所作所为十分恼怒,让毕方鸟驾着大象拉的战车,来到两阵之间,让蚩尤回话。蚩尤蛮横地喊道:"黄帝老儿快把中央天帝的宝座让给我,不然你就只有死路一条。"黄帝脸都气白了,但他强压心头怒火,温和地说:"做天帝要靠自己的品德和善行,如果你修身养性,为黎民做有益的事……"蚩尤哪里听得进去这些大道理,还没等黄帝把话说完,他便大喊道:"少废话,快来决一胜负。"

黄帝冷笑一声,在战车上把令旗摆了摆,布成了一个阵势,变化出十几个阵法。最后将蚩尤大军分割成十几块,分别包围起来。蚩尤军中

人人晕头转向，在阵中乱冲乱撞，找不到攻击的目标。黄帝擂响了战鼓，将士齐心协力，只见剑光闪闪，蚩尤的人马纷纷倒地，惨叫声连成一片。最后，蚩尤被活捉了。

蚩尤被带到黄帝面前，手脚戴着枷铐。黄帝感叹道："你贪得无厌，想当天帝，害得黎民遭殃，几十万人葬身战场，你是死不足惜啊。"说罢，便叫人将其推下去斩了。

万水千山

中国历史上第一个最大的皇家陵园——秦始皇陵位于陕西省西安市，它建造于公元前246年—前208年。秦始皇陵出土的古代铜车马是目前中国最大、装饰最华丽的青铜器，被誉为"青铜之冠"。

尧的故事

远古时候，有个帝王叫尧。大臣们为了让尧显示出帝王的气魄，也为了表现人民对帝王的忠心和爱戴，要为尧建造一座宫殿：以金为地，以玉为阶，以大理石为柱，顶部还要镶嵌上银制的日月星辰。

尧知道后说："宫殿是一定要造的，但是，该建造成什么样，我自有主张。"

于是，尧率大臣们亲自动手，从山上采来粗糙的木料和茅草，盖了几间茅屋，算是寝宫；又盖了十多间连通在一起的大茅屋，算是和大臣们议事的大殿。

大臣们纷纷提议说："陛下住这样的茅屋与平民百姓无异，怎能显出您的威风呢？"尧说："现在黎民生活艰苦，建造豪华的宫殿既劳民又伤财，给百姓带来苦难的帝王，还有什么威风可言！为黎民排忧解

难,才是帝王应做的事。"说罢,他带了几个大臣到各地体察民情去了。

一天,尧见一个山民倒在路旁呻吟,就关切地问他:"你怎么了?"山民无力地说:"饿……"尧便拿出自己的干粮递给他,说:"吃吧,是我使你挨饿的呀!"山民感动得热泪滚滚,狼吞虎咽地吃了起来。

尧对随行大臣们说:"从我的口粮里拨出一部分,散发给挨饿的人。""那您怎么办?"大臣们问。尧回答说:"我吃得稀一点儿,多吃些野菜就行了。"大臣们听了,也都效法尧,从各自的口粮中拿出一部分,散发给了挨饿的人。

第二天,尧和随行的大臣们又来到了一家窑洞门口,想在这儿要口水喝。

窑洞里传出一个姑娘的声音:"我们家没人,你们千万不要进来。"大臣们说:"姑娘不要怕,帝王来了,快开门吧。"姑娘急得要哭:"不行,不行……"这时,一位老者背着一捆柴从远处走来。老者走到近前放下那捆柴抱歉地说:"对不住了,窑洞里那姑娘是我的女儿,老大不小的了,没有裤子穿,所以她……"

尧一听这话，眼圈发红，忙打开包袱取出一条裤子，递给了姑娘的父亲。老人推却说："我们怎么能要您的裤子！"尧难过地说："我没有把天下治理好，才使你的女儿没有裤子穿，太对不起你们了！"老人感动得"哇"地一声大哭起来，窑洞里的姑娘和外面的大臣们也都跟着哭了。

在回王宫的路上，路过一个小镇，尧发现一个罪犯被捆绑着，在街上示众，便走过去问公差："他犯了什么罪？"公差回答："偷粮食。"尧问罪犯："你为什么要偷粮食？"罪犯回答说："我们那里遭了旱灾，颗粒无收。"尧便对公差说："把我也捆绑起来吧，是我使他犯罪的。"公差和随行大臣慌忙跪下。一个大臣："他犯罪是由于旱灾没有粮食吃，与您无关呀！"尧认真地说："黎民无力抵抗灾害，是我的责任；没有吃的就偷盗，也是我没有教育好。怎么能说与我无关呢？"

于是，尧命令大臣们把他捆起来，站在罪犯的旁边。黎民百姓从四面八方涌来观看，感动得发出一片赞叹声。

这时，从人群中走出十几个人来，跪倒在尧的面前，声泪俱下地坦白了各自的罪行，表示愿意接受处罚。

尧体察民情回来之后，在茅屋大殿里对满朝大臣们说："有人挨饿，有人没有衣服穿，有人在犯罪，这都是我的过错，我要下'罪己诏'，向黎民检讨我的错误。"

大臣们像开了锅一样纷纷说道："黎民生活不好，是因为天灾太多，困难时期，百姓应当学会忍耐。"尧说："百姓生活不好，不能把责

任都推给天灾，应该检查我自己。我不能埋怨人民，而应该想想我在治理国家时，哪些地方做错了。"

几天之后，尧在宫廷大门的左侧设了一面"敢谏之鼓"，人们可以击鼓给尧提意见。尧又叫人在宫廷大门的右侧设一根"诽谤之木"，百姓可以站在旁边攻击尧的错误，在这里讲错了话，或是言辞不当，都不治罪。

因为尧热爱黎民百姓，生活简朴，又能引咎自责，所以深受黎民爱戴。渐渐地，天下百姓过上了丰衣足食的幸福生活。

在北京周口店的龙骨山上有一处古人类遗址，叫周口店北京猿人遗址，这是目前为止世界上人类化石材料最丰富、最生动，植物化石种类最齐全、研究最深入的古人类遗址。

五谷之神后稷

古时候，在有邰这个地方有个年轻的姑娘，名叫姜嫄。一天，她到郊外去游玩，在回家的路上，发现池沼边的湿地上有一个很大很大的巨人的足迹。她既惊异，又觉得好玩，便用自己的脚去踏巨人的足迹，想比一比差别究竟有多大。哪知道巨人的足迹太大了，她的脚踏不满，刚刚踏到大脚趾的地方，她就觉得身体一震，仿佛在精神上受了感应，回来不久，她就怀孕了。后来姜嫄便生下一个小男孩儿，这个男孩长得又胖又结实，小脸红润润的，小手挥舞着非常有力，非常可爱。

可惜这孩子很不幸，因为他是一个没有爸爸的孩子，所以人们看他不顺眼，从他母亲的怀里把他夺下来，然后抛弃在狭窄的小巷里，认为这样，孩子肯定会被过路的牛羊踩死。

可是说来奇

怪,过路的牛羊不但没有踩死这个孩子,反而都来照顾他,喂他奶吃。人们见他不死,又准备把他抛弃在森林里,可是恰巧碰见有人来砍树,又没有成功。最后,恼怒的人们索性把他抛弃在荒野的寒冰上,心想:这样不饿死也得把他冻死。可是又有天上的鸟儿飞下来用翅膀遮盖着他,为他遮挡风雪,给他温暖。人们觉得奇怪,便跑过去看:鸟儿们飞走了,冻得全身通红的孩子正在寒冷的冰面上晃动着小手小脚啼哭。人们只得把他抱回来,让他的母亲继续抚养他。因为他曾经被抛弃过,人们便给他取了一个名字叫"弃"。

据说弃就是后来周民族的祖先。他从小就喜欢农艺,长大后又教人民栽种五谷的方法,所以他的子孙又尊称他为"后稷"。后稷小时候就有远大的志向。每当做游戏时,他总是喜欢把野生的麦子、稻子、大豆、高

梁以及各种瓜果的种子采集起来，用小手亲自种到地里，并辛勤地栽培。他种的五谷瓜豆结的果实又肥又大，又甜又香，和野生的长得格外不同，慢慢的，人们都喜欢上了这种栽种出来的五谷瓜豆。

等到后稷长大成人时，他已经在农业上积累了一些经验，便用木头和石块打造了几样简单的农具，教家乡一带的人们耕田种地。靠打猎和采集野果为生的人们，由于人口繁多，食物不足，生活得很困难。他们看见后稷在农业上的成就，也都渐渐地信服了他。于是耕种这种新鲜而又有意义的劳动，就在后稷母亲的家乡有邰流传开来了，以至于当时做国君的尧都知道了后稷和他家乡人民的事。因此，尧就召后稷做了全国的总农艺师，让他指导全国人民在农业方面的各种工作。后来舜继承尧做了国君，还把有邰这个地方封给后稷，让他和当地的百姓在此进行农业试验。

后稷有一个弟弟，叫台玺，台玺生了一个儿子，叫叔均，他们都是农业上的能手。叔均还发明了用牛力来代替人力耕种的方法，为农业发展作出了很大的贡献，从此人民的生活就更加幸福了。

后稷死后，人们为了纪念他，就把他埋葬在一个山环水绕、风景优美的地方，这地方就是有名的都广之野，神人们上下往来的天梯就在它的附近。

这真是一片肥沃的原野，各种各样的谷物在这里自然生长，米粒白滑得像脂膏，还有鸾鸟唱歌，凤凰跳舞等种种奇异的景象。直到现在，山西闻喜县稷王山还出产一种五色石子，这些石子有像麦粒的、有像稻粒的、有像玉蜀黍的、有像西瓜和南瓜子的，也有像豇豆、绿豆、刀豆的……种种形状，应有尽有。人们把这些石子称为"五谷石"，据说，这就是后稷和他的母亲姜嫄教人民播种五谷时遗留下的种子变成的。

万水千山

被誉为"五岳之首""天下第一山"的泰山位于山东省的长清、济南、泰安之间。泰山古称"岱山"，春秋时改称泰山。泰山的岱庙天贶殿同北京的太和殿、曲阜的大成殿并称为"中国三大宫殿"。

舜的故事

远古时候，有个帝王叫尧，他是一个全心为民的好帝王，但他的儿子品行极差。尧怕儿子继承王位后祸害人民，于是决定派人到民间寻访一位贤士来继承他的王位。

几年后，人们终于在妫水河畔找到了一位贤士，他的名字叫舜。这里的黎民百姓都赞扬舜的品德。原来，舜的出身很苦，他出生不久，母亲就去世了。双目失明的父亲又给舜找了个继母，继母又生了一儿一女。他们对舜百般虐待，舜却总是逆来顺受，从无怨言。

但是，继母仍然容不下舜，舜十几岁的时候，继母就叫他离家独居，自谋生路。于是舜便来到了历山脚下开荒种地。他力大如牛，又非常聪明，辛勤的劳动终于换来了丰收的硕

果。人们见舜发现了肥沃的土地，也都来历山脚下开荒种田。舜把麦种分给大家，把开出的好地也让给大家种。

离开了田地，舜又来到了雷泽，开辟了宽广的渔场，靠他的聪明和智慧，把鱼儿养得又肥又大。这时，又有许多人赶到雷泽来。舜仍然十分谦让，把渔场都让给了大家。

离开了渔场，舜又来到河滨制作陶器。他心灵手巧，制作的陶器既美观又耐用。很多人跑来跟他学做陶器，他又毫无保留地把技术传给了人们。

舜走到哪里，人们就跟到哪里。大家都说，跟着舜准能过上好日子。人们对舜这么称赞，尧十分高兴。但他为了稳妥起见，先把两个女儿娥皇和女英嫁给了舜，叫她们在和舜的共同生活中进一步观察舜。每隔一段时间，娥皇、女英中总有一个去尧那里汇报舜的表现。尧从女儿口中得知舜确实心地仁厚，才干出众，就决定把王位传给舜。

最后，尧决定让舜再经受一次考验:独自走过一片危险重重的密林。舜临走时，娥皇拿出一颗夜明珠和一个小巧的指南针，女英拿出一件避雨衣。她们把这三样宝贝裹在包袱里递给舜。舜恋恋不舍地告别了娥皇、女英，满怀信心地向密林走去。

这是一片高大茂密的森林:重重叠叠的枝叶遮蔽了天空，怪藤弯弯曲曲地缠绕在树木之间，地上铺满了枯枝败叶。周围静得没有一点儿声响，恐惧像一只大手抓住了舜。

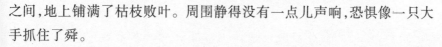

舜定了定神，从包袱里取出那个小巧玲珑的指南针，辨别好方向后便坚定地向前走去。走了一会儿，前面出现了无数的毒蛇，带着沙沙的响声，吐着火焰般的舌头，向舜围了过来。舜感到十分害怕，但他抑制住恐惧的心情，坚定地继续往前走。当他与群蛇相距只有三尺远时，群蛇却都惊惧地退开了。又走了一会儿，只见一群豺狼凶猛地向他奔跑过来，恐怖又一次笼罩了舜。但是，舜并没有退缩，而是壮着胆子，坚毅地继续往前走。那群凶猛的豺狼一见舜没被它们吓倒，也都惊恐地退去了。

舜在森林里走啊走，走得精疲力竭，唇干口渴，饥肠辘辘。刚想坐下来吃一点儿东西，忽然黑暗又笼罩了密林，使他什么也看不见了。黑暗带来的恐怖，胜过了毒蛇猛兽，舜出了一身冷汗。这时，头顶上又响起了一声声的雷鸣，接着就是树木断裂的巨响。暴雨借着风力，鞭子般地抽在舜的身上。他有些不知所措。

忽然,他想起了娥皇和女英给他的包袱。于是急忙打开包袱取出夜明珠,周围十丈之内立刻亮如白昼。

舜高兴极了,赶忙又把避雨衣穿上。这时,他惊奇地发现,雨离他两尺远时,都飘向了一边,根本打不到他身上。他吃了一些干粮,又精神抖擞地举着夜明珠继续赶路了。过了很长时间,雨过天晴,林中又有了光亮,舜收好避雨衣和夜明珠,背着包袱往前走。

最终,舜走出了密林。尧亲自带着两个女儿和大臣们出来迎接他,并把王位传给了他。

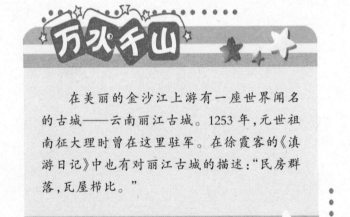

万水千山

在美丽的金沙江上游有一座世界闻名的古城——云南丽江古城。1253年,元世祖南征大理时曾在这里驻军。在徐霞客的《滇游日记》中也有对丽江古城的描述:"民房群落,瓦屋栉比。"

仓颉造字

远古时候，世间并没有字，人们只是用刻木、结绳来记事，用豆粒之类来计数。直到后来，有个叫仓颉的人为世间创造出了文字。

相传仓颉在黄帝手下当官。黄帝派他专门管理圈里的牲口、囤里的食物。

仓颉人很聪明，做事又尽心尽力，很少出差错。黄帝见仓颉这样能干，就把每年祭祀的次数，每次狩猎的分配，部落人丁的增减，也统统交给仓颉管理。

由于管理的事情愈来愈多，加上人丁、牲口、食物等数量不断增加，品种不断变化，时间一长，那些大大小小、奇形怪状的绳结和刻木都记了些什么，连仓颉自己也没法弄清了。

仓颉整日整夜地想办

法,先是用各种不同颜色的绳子表示不同的事物。但是,增加的数目在绳子上打个结很方便,而减少数目时,把绳结解开就麻烦了。这下仓颉可犯愁了,他饭也吃不下,觉也睡不着,挖空心思,也没想出一个更好的办法来。

后来,母亲劝他到民间走走,开开眼界,于是他决定去四处游历一番。

这天,仓颉走到一个三岔路口,见三位打猎的老人正为往哪条路上走而争辩着。一位老人坚持要往东走,说有羚羊;一位老人要往北走,说往北能追到鹿群;一位老人偏要往西,说有两只老虎,不及时打死,就会错过了机会。

仓颉觉得奇怪,他便问老人:"您怎么知道前面有老虎呢?"老人指着地上的老虎脚印说:"这不是明摆着嘛!"原来三位老人各自都发现了不同的野兽脚印。仓颉心中猛然一喜:既然一个脚印代表一种野兽,我为什么不能用一种符号来表示管理的东西呢?他高兴地拔腿就往家跑。

仓颉一到家,就开始创造各种符号来表示各种事物。他仿照世间万物的形态,在家里日夜忙着创造新的符号。比如太阳,就照着初升时一个大火球的样子画一个圆圈,中间加上一点;月的符号是照着月牙儿的形态画出来的。

仓颉给这些符号取了名字,叫做"字"。他细心观察着万事万物,辛辛苦苦地创造着字。时间一长,他造的字就多了。有了字,仓颉光凭脑袋记不过来的事情,用这种符号就全都记住了。每年祭祀的次数、每次狩猎的分配、部落人丁的增减,他全都记录得清清楚楚,没出一点儿差错。

仓颉造了文字,黄帝器重他,人们也称赞他。他的名声越来越大。仓颉有了功劳,头脑就有点儿发热,什么人也看不起,造字也马虎起来。

黄帝很担心,他容不得一个臣子变坏,但怎么才能让他认识到自己的错误呢?黄帝叫来了身边最年长的老人商量。老人沉吟了一会儿,就独自去找仓颉了。

这时仓颉正在教一个部落的人识字,老人默默地坐在最后,和大家一样认真地听着。仓颉讲完，别人都散去了，唯独老人不走，还坐在老地方。仓颉很纳闷，上前问老人为什么不走。老人说："仓颉呀，你造的字已经家喻户晓，可我人老眼花，有几个字至今还糊涂着呢，你肯不肯教教我？"

仓颉看这么大年纪的老人都这样尊重他，很高兴，催老人快说。老人说："你造的'马'字、'驴'字都有四条腿吧？那么，牛也有四条腿，可你造出的'牛'字怎么没有四条腿，而只剩下一条尾巴呢？"老人说着，又用树枝在地上写了一个"鱼"字，说："鱼本来没有腿，只有一条尾巴，可你造的这鱼字怎么多了四条腿，反而没有尾巴呢？"

仓颉一听，心里有点儿慌了，原来自己造"鱼"字时，是写成"牛"样的；造"牛"字时，是写成"鱼"样的。都怪自己粗心大意，竟然教颠倒了。

仓颉羞得无地自容，深知自己因为骄傲铸成了大错。他连忙跪下，痛哭流涕表示忏悔。老人拉起仓颉，诚恳地说："仓颉呀，你造的字，使我们老一代的经验能记录下来，传下去，你做了件大好事，世世代代的人们都会记住你的。可你不能骄傲自大呀！"

从此以后，仓颉每造一个字，总要将字义反复推敲，一点儿也不敢怠慢大意，并且还向别人征求意见，直到大家都说好，才定下来，然后再逐渐传到各个部落去。

万水千山

雄伟、壮丽的布达拉宫坐落在西藏拉萨的玛布日山上，是藏式建筑的代表。布达拉宫是著名的宫堡式建筑群，始建于公元7世纪，是历世达赖喇嘛的冬宫，也是供奉历世达赖喇嘛灵塔的地方。

神农尝百草

上古时候，人类不懂医药，得了疾病也没办法医治。有一年瘟疫流行，大地上尸横遍野，哀鸣一片。

南方的炎帝不忍见人类遭受疫病的折磨，便脚踏祥云来到南海。炎帝朝着汹涌的波涛吹了口气，海水立刻便被劈开了一条直通海底的大路。海底有座山，山底有个幽深的洞，洞中藏着一条乌龙。炎帝来到洞前，发出神雷，震得大山隆隆直颤。洞中的乌龙被惊动，卷着腥风从洞里飞出，扑向炎帝。

炎帝从口里喷出一团乾坤神火，烧向乌龙，神火明亮耀眼，映得海底如白昼一样。

乌龙急忙喷出一股腥臭的毒雾托

着乌龙丹对抗神火。乌龙丹哪里挡得住炎帝的太阳之精，很快便随着毒雾逐渐化为白气，"啪"的一声巨响，乌龙丹化为乌有。乌龙企图逃回洞中，炎帝用手一指，神火立即将乌龙困住。

炎帝大喝一声："还不快化成赭神鞭！"一声龙吟过后，神火、乌龙一齐消失，炎帝手中却多了一条乌光闪闪的赭神鞭。

炎帝将赭神鞭缠在腰间，脚踏祥云直奔泰山采集五金之精。炎帝携五金之精来到山西釜冈，以乾坤神火炼制五金之精，铸成了巨大的九兽三足宝鼎。宝鼎铸成后，炎帝又踏祥云飞往成阳山采集药草。成阳山山清水秀，溪泉淙淙，满山奇花异草，香飘万里。

炎帝降下云头，准备采集草药，守护在奇花异草旁的虎豹蟒蛇一齐扑向炎帝。炎帝早有准备，挥舞赭神鞭驱赶扑上来的一批又一批猛兽。最后，那些蟒蛇虎豹身上被抽得青一块紫一块，四散逃窜。所以，直到现在，虎豹蟒蛇的皮毛上都还留有各种斑纹。

赶走了各种野兽，炎帝这才采到治疗瘟疫的草药。炎帝

将采集的草药带回釜冈，放入宝鼎之中，和着从天山收集来的无根净水，以神火熬炼。

这样，一直熬炼了七天七夜，才制成驱毒避瘟的丹药。然后，又将丹药分发到各地，救治瘟疫病人。

服了炎帝避瘟丹药的人类，很快便恢复了健康。但是，炎帝发现人类不仅会受瘟疫的荼毒，还要受到各种疾病的折磨。炎帝决心踏遍成阳山，尝遍百草，为人类寻找治疗各种疾病的药草，教人类学会自己与疾病斗争的本领。

炎帝用法力携三足宝鼎前往成阳山，每日不辞辛苦地以赭神鞭抽打百草，分辨哪些是药草，哪些不是。

然后，他亲自尝试各种草药，鉴别草药的药性，并将各种草药的药性以及煮药和治病的知识传授给人类。

于是，成阳山上到处立起了人们炼制草药的药鼎，散发着各种药剂的异香。

然而，尝草药是件十分危险的事。有些草药有毒，常常会使炎帝中毒，每次中毒后，炎帝都要运用神力将毒素排出体外。但是，随着中毒次数的增加，炎帝的身体越来越差，神力也在逐渐减弱，徒弟们都劝他不要尝了，他却微笑着说："不要紧的。"大家都暗自为他担心。

有一天，炎帝发现了一株开着小黄花的藤状植物，采来尝后，肚子立刻疼了起来，最后竟断肠而死。天颤抖了，地颤抖了，太阳也失去了光

辉，人间笼罩着悲哀，人们默默地将炎帝葬在了成阳山上。

为了纪念炎帝，世人尊奉他为神农，把他传给人们的三百六十五味药写成《神农本草》，并为毒死炎帝的那株植物取了个悲伤的名字，叫断肠草。

万水千山

有"地质公园"之称的庐山风景区位于江西省九江市，庐山自古就有"匡庐奇秀甲天下"的盛誉。庐山风景区内主要的风景名胜有：五老峰、仙人洞、白鹿洞书院等，此外还有独特的第四纪冰川遗迹。

后羿射日

　　在东方海外的汤谷,长着一株高几千丈、粗一千多围的扶桑树。树下栖息着十只金乌,它们都是天帝与羲和生的儿子。

　　金乌有三只脚,羽毛像金子一样,身体能散发出极强的热力。天帝规定:每天只允许一只金乌飞到树顶上去,用身体的热力让世界充满光明和温暖,使万物蓬勃滋生。

　　起初,十只金乌一直遵守着天帝的规定,按次序轮流飞到扶桑树顶上去。后来,大家都争着要天天上去,就发生了争吵。

　　原来,那扶桑树下的汤谷是个狭窄的深沟,金乌们住在下面,都感到憋闷,不如在扶桑树

顶上海阔天空那么舒心愉快。十只金乌互不相让，谁也不愿待在下边，互相争执不下。最后，它们干脆不管天帝的规定，一齐飞上了扶桑树顶。

十只金乌只顾自己快活，一齐出现在天空上，大地上可遭了殃。那巨大无比的热力把大地上的禾苗烤焦了，树叶炙黄了，岩石烤得爆裂了，河水也烧沸了。许多人被灼伤了，蒸死了，炙焦了。活着的人逃到深山的洞穴里，白天不敢出来，夜晚爬出洞穴，到河滩上去捡白天被烤熟了的鱼虾，到山林中拾白天被烤死了的禽兽来勉强充饥。

可是由于地上的余热未退，本来已饿得极度虚弱的人们，有的一出洞穴就热死了。如果碰上夜晚出来找食吃的怪物，人们便又成了它们口中的食物。

天上的大神羿，见到人间遭劫，就去劝说金乌。金乌们非但不听，反而发起脾气，一齐扇动翅膀，发出更大的热力。大地上立刻红光四射，又有几处山林起火，几座高山崩塌，人们的哀号直达苍穹。羿见此情景，心急万分，只好奏明天帝。其实天帝早就知道，却一直装聋作哑。现在羿当殿奏本了，他只得传令，让羿代天宣旨，令众金乌遵守圣旨，退回扶桑树下。

羿捧着天帝的圣旨，来到汤谷，向金乌们宣旨。金乌们一听，纷纷飞过来对羿又抓又啄，大喊大叫："就是你这家伙多事！"

羿本来是天神中勇武的神箭手，因为天帝没下惩罚金乌的旨意，只好忍气吞声地转回天宫，把情况奏明天帝。

一些正直的天神也纷纷奏本支持羿，要求拯救苍生，惩罚金乌们。天帝原本护着儿子，见众天神一齐奏本，只得勉强让羿代天执法，惩处金乌，并下界扶助人们。羿却毫不含糊，又奏道："万一殿下们还不遵旨,怎么办？"天帝见羿惩处金乌的决心这样坚决,便赌着气,怒道："那你就见机行事！"说罢，一甩袖子退了朝。

羿不管天帝高不高兴，领了旨，便带上自己的彤弓、素矰来到人间。只见大地上溪河干涸、山岭崩裂、禾木枯焦,到处是人兽虫鸟焦枯的尸骸,却不见活人。

羿在大地上东奔西走，所到之处，到处荒无人烟，一派凄凉景象。最后羿来到南方一个叫畴华的地方，见两座高山夹沟相对，两山的山影互相荫蔽，两面岩壁上有很多洞穴，里面似乎躲藏着人。

这时，忽然传来一阵悲惨的号叫声。羿循声看去，见有个兽头人身、手持盾戈的怪物，从洞穴中抓出一个活人就吃。羿认得这个怪兽，它叫凿齿，牙齿锋利，舌头能像蛇芯子一样伸缩。羿大吼一声，弯弓一箭射去，只听"咔嚓"一声，凿齿的盾被射穿，箭一直透过它的心窝，它当时就死了。

洞穴里的人们见吃人的凿齿死了，都欢呼起来。羿下界来除害的消息，像春风似的立刻传遍了石壁上的各个洞穴，人们纷纷来到东海边上的高山下面。

羿站在海边的高山顶上，对着天空大喝："金乌们听好了，我奉天帝

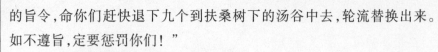

的旨令,命你们赶快退下九个到扶桑树下的汤谷中去,轮流替换出来。如不遵旨,定要惩罚你们!"

正在嬉戏的金乌们听了,在空中骂道:"好可恶的羿,又来与我们作对。我们是天帝的儿子,你敢怎样?"

山下的人们鼓噪起来,愤怒的声音好似潮涌:"射下它们!射下它们!"羿受到鼓舞,弯弓搭箭喝道:"不听忠言,看箭。""嗖!"那箭向空中飞去。过了一会儿,只听天空一声巨响,接着一溜红光迸散,从空中坠下一团火球。

人们跑过去一看,只见一只硕大的三足金乌死在地上,脑袋上还插着一支白色的利箭。人们仰头望去,空中只剩下九团烈焰,空气立刻清凉了些,人们不禁欢呼起来。

那九只金乌见一个兄弟被射死,狂怒地一齐猛扇翅膀:"不让你们人类绝种,就不是天帝的儿子。"霎时,满空烈焰腾腾,大火灼灼,直向人们头上压下来。人们的欢呼声顿时变成了哀号。

羿见此情景,按捺不住怒火,大喝道:"休要猖狂!""嗖,嗖,嗖……"连珠炮似的,一口气射出八支箭。只见空中流火乱迸,金羽纷飞。"扑通,扑通,扑通……"从天上又坠下八只金乌。

大地顿时一片清凉,人们浑身舒畅,纵情欢呼。剩下的一只金乌,见兄弟们都被羿射死了,慌得要逃。羿弯弓搭箭，正要射它，只听背后有人高呼："留下它！请留下它！"羿回头一看，见一位老人从山下气喘吁吁地奔来，说："留下这最后一只吧！它的热力能使五谷繁茂，万物滋生。"羿也觉得世界上没有金乌的确不行，就留下了最后一只金乌。

天帝怕金乌再生事，从此，就由它母亲羲和每天驾着龙车，载着它去完成一天的使命。后来，人们也因为它的辛勤效劳，不再叫它金乌而尊称它为"太阳"。

可是，羿毕竟杀了天帝的九个儿子，于是天帝就借口让他扶助人类，削去了他的神籍。从此，羿就不再是天神，而成为了人间的英雄。

古老、神奇的平遥古城位于山西省，古称"古陶"。始建于公元前827年—前782年，是中国目前保存最完整的4座古城之一，也是现存历史较悠久、规模最大的一座古城。

嫦娥奔月

羿因射乌被削除神籍后，留在人间，继续为民除害。他在昆仑山下斩了怪物猰貐，在洞庭湖射杀了巴蛇……人们感激他，所以拥他为王，尊称他为后羿。

大害虽除，小害犹存。一个叫尚仪村的地方又有黑熊闹事。这天，后羿应尚仪村人的邀请，来到这个青山环抱、树木葱郁的美丽山村。后羿正边走边欣赏这秀美的山村风景，忽然听见一声惊叫，只见远处一只大黑熊，正扑向一个在溪边取水的姑娘。那姑娘在惊恐中把一桶水向黑熊泼去。黑熊退了一

步,摇头摆落水珠,正要再扑向那姑娘,后羿的利箭飞来,正中黑熊心窝,黑熊应声倒地死了。

那俊秀的姑娘向后羿致谢,羿道:"不用谢,姑娘叫什么?"姑娘望着后羿那英俊魁梧的身材说:"您就是后羿吧?我叫嫦娥。"

村里的人们听说后羿来了,都拥出来欢迎,纷纷请后羿到自己家里去住。因为后羿刚救了嫦娥,最后决定,先到嫦娥家去住。

后羿虽然被拥戴为王,但依然过着普通人的生活,为了除害,他还山行野宿,整天和凶禽猛兽搏斗。如今,他白天到山里打黑熊,晚上住在嫦娥家,得到嫦娥的体贴关照,心里总是暖暖的。

嫦娥有一只心爱的玉兔,她总喜欢抱着玉兔倚窗望月,羿常常与她一起赏月谈心,直到月儿西沉,东方日出。后羿还常常抽空帮嫦娥取水、提柴。村里的父老们看出后羿和嫦娥情投意合,就向嫦娥的父母建议,让他俩结婚。嫦娥一家也都很赞成。

后羿和嫦娥举办婚礼的那天,人们从四面八方前来祝贺,热闹极了。

结婚以后,后羿还是起早贪黑四处奔忙。嫦娥见羿累得又黑又瘦,就建议羿收些徒弟,教会他们射箭,让大家共同除害。后羿采纳了这个办法。

后羿传授箭术的消息一传出,远近各地都派最聪明、最勇敢的小伙子来学习。后羿教他们练习目力、练习臂力、练习瞄准射箭的要领……

三年过去了,这些徒弟们都学会了箭术,后羿将他们分派到四方各地,身边只留下一个叫逢蒙的徒弟。要说逢蒙的箭术,除了后羿,怕没人能比得过了,但逢蒙的心术不正。他对羿十分殷勤,总是称颂后羿,很得羿的欢心。

　　嫦娥不喜欢逢蒙这种阿谀奉承的人,劝后羿疏远他。后羿不听,反而说:"我本来就应当受到人们称颂!我不要他称颂,难道还要他骂我?"

　　逢蒙虽然当面称颂后羿,但每当人们讲起神箭手,总是先讲后羿而后提他时,他就感到委屈。逢蒙知道,只要后羿在世一天,他就注定不能当天下第一射手,就永无出头之日。因此,他盼望后羿早点儿死。

　　这天,后羿拿着镜子照见自己鬓角上的白发,心里一惊:自己已经不是神了,已经老了,人老了是要死的啊!于是,他决定到昆仑山西王母那儿去求不死药。

　　后羿离开尚仪村,跋山涉水到了昆仑山下,费尽力气才爬上昆仑山顶,来到西王母的宫殿。后羿参拜了西王母,说明来意。西王母对后羿在人间的功劳大为赞赏,就给了他一粒丹药,说:"这药吃一半可以长生不老,全吃了可以超升天界。"

　　后羿回到家里,兴高采烈地把仙丹交给了嫦娥,嘱咐她保存好,以后选个日子和嫦娥分了吃,这样就可以长生不老了。

　　逢蒙原本希望羿早点儿死,他就可以出头了;现在后羿求来了不死药,他的野心全落空了。于是他便盘算了一个让后羿身败名裂的阴谋。

　　逢蒙知道人们感激后羿,就鼓动他们给后羿进献好酒好肉,并以体恤民意为由劝羿收下。然后,又假传羿的命令,把贡献酒肉定为常例。逢蒙还对人们说:"你们既然尊后羿为王,总该给他盖座像样的宫殿,哪能让他住在茅屋里呢?"人们听了,只好去砍树、烧砖,准备给后羿盖宫殿。这还不算,逢蒙又背着后羿叫人们挑选年轻貌美的女子送来让后羿点选王妃。百姓们开始有了怨言,但想到后羿射杀金乌,拯救众生的功劳,也只好照办。

　　后来,后羿知道了,便把逢蒙狠狠地训斥了一顿,命他赶快停止此事。逢蒙见自己的阴谋败露,表面诺诺连声,心里却生出更歹毒的念头。

　　这天傍晚,后羿打猎回来,刚刚跨进家门,逢蒙就从门后闪出来,抢起大棒,狠狠地朝后羿后脑砸去。后羿大吼一声,倒在地上。

　　嫦娥闻声从房里奔出来,见后羿被逢蒙打死,大骂逢蒙。逢蒙用箭逼着嫦娥立刻把仙丹拿来分了吃,不然就将她射死。嫦娥怕仙丹落入这个坏蛋手里,便假意应允,然后冷不防取了仙丹塞进嘴里,立刻觉得身子轻轻飘起。逢蒙见嫦娥吞了仙丹,一把没拉住,嫦娥已从窗口飞出,那玉兔也纵身一跳,跳进了嫦娥怀里。嫦娥边飞边喊:"大家快来抓叛徒啊!逢蒙把后羿打死了!"逢蒙又气又怕,弯弓搭箭,"嗖,嗖,嗖"一连三箭,向嫦娥射去,但都被玉兔用爪子打落了。

　　嫦娥在空中不断呼唤人们为后羿报仇。这声音好像洪钟一般,人们拿着木棒长枪,从四面八方赶来,齐喊:"抓叛徒!抓逢蒙!"

　　逢蒙见人们像潮水般涌来,吓得弓也掉了,慌忙往山里跑去,躲在一个黑洞里。

　　嫦娥抱着玉兔在天际越飞越高,心想:去哪儿安身呢?忽然她想到

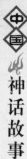

羿说过，广寒宫里没有神住，自己又最喜欢月亮，就直向月亮飞去。嫦娥到了月亮上，低头见人们还在黑暗里搜寻逢蒙，就转动月轮，把月光射到黑洞里去，照得逢蒙无法躲藏，终于被人们抓住了。

人们替后羿报了仇后，便把后羿安葬了。但后羿的功德人们无法忘记，于是家家户户都把后羿的像画出来供着，尊奉后羿为保护家人平安、除邪捉鬼的宗布神。

嫦娥在月宫里始终忘不了逢蒙躲在黑洞里，险些逃脱了应得惩罚的情景。因此，她常常转动月轮，让月光照遍每一个黑暗的角落，让那些在黑暗里做坏事的人无处藏身。

有如梦中仙境般的九寨沟风景古城区位于四川省南坪县，因为该地区有大面积的原始森林，而且人烟稀少，所以大熊猫、金丝猴、白唇鹿等珍稀动物都分布在这里，也使此处赢得了"童话世界"的美誉。

伏羲兄妹

　　远古时候，曾有一次大地上曾一连八个月没有下雨。树木枯死了，河水干涸了，饥饿的野兽跑出山林到处吃人，人类遭遇到空前的大灾难，生活在水深火热之中。

　　猎户神布伯带着儿女伏羲兄妹来到大地上，见人类生活凄惨，实在看不下去了，于是就作仙法为人类求来了一场大雨。大地上的生命沐浴着这久旱之后的甘霖，到处一片欢腾，重新又生机盎然起来。

　　这下可惹恼了想惩罚人类的雷神爷雷公："哼！我要惩罚人类，你却充好人，看我怎么收拾你？"

　　这一天，忽然阴云密布，狂风大作。早有准备的布伯知道是雷公前来报复，赶忙让儿女藏进屋里，

把一个大铁笼子放在屋檐下，手持铁叉，监视着天空。

一声霹雳夹着闪电，暴雨倾盆而下，雷公铁青着脸，扇着一双肉翅，挥着板斧扑向布伯。布伯闪身躲过板斧，挺起铁叉，一下子就把雷公叉进了铁笼，锁上了笼盖。布伯用手拍着笼子，哈哈大笑："看你还敢不敢残害人类？"受了伤的雷公气得昏了过去。

伏羲兄妹见到雷公狰狞的样子，刚开始有点儿害怕，后来也就习惯了。

第二天一大早，布伯对伏羲兄妹说："我到集市去买香料，回来把雷公杀了做五香腌肉吃。你俩看好他，千万不要给他水喝！"兄妹俩点点头。

布伯走后，雷公不断呻吟着还向伏羲兄妹哀求道："哎哟，渴死了！好娃娃，给我碗水……水。"妹妹心肠软，对伏羲说："哥，看他怪可怜的，给他碗水吧！"伏羲摇摇头，坚决地说："不，爹说不能给他水喝。"雷公继续呻吟着："求求你们了，给几滴水也行，我要渴死啦……"妹妹说："哥，瞧他多可怜！给他蘸几滴刷锅水吧！"伏羲看到雷公可怜的样子，他的心也软了，心想：给他几滴水，兴许不要紧吧？于

是对妹妹说："那就依你吧！"妹妹用刷子在刷锅水里蘸了蘸，往雷公张大的嘴里洒了几滴……雷公喝了水，立刻恢复了神力，高喊道："好娃娃，谢谢啦！快躲开，我要出来啦！"吓得伏羲兄妹连忙往屋外跑。伏羲兄妹刚跑到屋外，就听见轰隆一声巨响，震得他俩跌倒在地上。回头再看，屋顶破了一个大洞，雷公冲上了天。雷公站在云端，拔下一颗牙送给伏羲兄妹："把它种到地里，它会结果的，遇到灾难躲到果实里就行啦！"说完便消失在云层里了。

布伯从集市上回来一看，就明白了发生的一切。由于情况紧急，他顾不得责怪孩子们，挥了挥手说："到屋后玩儿去吧！爹得赶造一条铁船对付雷公。"

妹妹知道惹了祸，伤心地哭了。哥哥哄着妹妹，又把雷公那颗牙埋进土里，对妹妹说："来，咱们浇点儿水，说不定能长出什么，对咱们会有用呢！"说来真怪，水刚渗到泥土里，便立刻长出了幼苗，那嫩绿的幼苗特别招人喜爱。风一吹，幼苗就往上长，一眨眼的工夫，便结了个金灿灿的大葫芦。兄妹俩又惊又喜，一齐动手摘下大葫芦，哥哥拿来斧子用力一劈，葫芦就成了两只金灿灿的小船，不大不小，刚好够他俩用的。

第三天，布伯的铁船造好了。忽然，狂风大作，飞沙走石，布伯知道是雷公来报仇了，赶忙把伏羲兄妹分别放进两只葫芦船中，自己拿起铁叉跳进铁船……

转眼间，乌云滚滚，大雨铺

天盖地而降,地上一片汪洋,洪水还在不断上涨。铁船和葫芦船颠簸在汹涌的波涛中。

一声霹雳响彻云宵,雷公扇动着肉翅,挥舞着板斧向布伯劈来。布伯也不甘示弱,举叉迎战,与雷公杀在一起。双方正在酣战,火神祝融驾着火龙出现在天边,喝道:"雷公勾结水神共工发动洪水灭绝人类,我奉天帝旨意捉拿你们归案!"雷公听了一惊,一走神,被布伯一铁叉戳在大腿上,疼得他哇哇怪叫,往南逃去。躲在云端助战的水神共工见势不妙,忙夺路而逃,逃跑之前猛地张大口一吸,洪水一下就被吸干了,布伯的铁船和伏羲兄妹的葫芦船一下子从半空中摔了下来。铁船被摔得粉碎,布伯也摔死了。而葫芦船又轻又有弹性,只在地上弹了几下就落定了。伏羲兄妹一点儿都没伤着,只是被吓昏了过去。

云散了,水退了,太阳出来了,伏羲兄妹也苏醒了过来。可是,大地上除了他俩,空无一人,人类全被淹死了。兄妹俩安葬了父亲后,只得自己动手盖起房子,一边劳动,一边生活。

后来,伏羲兄妹长大了,便结为夫妻。不久,妹妹怀孕了,伏羲兄妹甭提多高兴了。

可是不久,伏羲妹妹却生下一个肉球。气得伏羲用刀把肉球剁得粉碎!妹妹灵机一动,用大荷叶把碎肉包起来对伏羲说:"走,咱们去质问天帝!"

伏羲兄妹沿着天梯飞快地往上爬,渐渐地爬进云层。不料,妹妹一失手:"不好,荷包掉了!"

荷包散落,肉末散向四面八方。很快,落在大地上的肉末都变成了人!落在树上的姓木,落在石头上的姓石,落在河里的姓何……人类终于得以重生!

万水千山

中国历史上有文献可考,并被考古发掘证实的,古代最早的都城是位于河南省的安阳殷墟,它是商代晚期的都城遗址,这里出土的甲骨文是中国最早的文字。

干将、莫邪铸剑

越国的使臣来到吴国,向吴王进献三把宝剑,吴王非常高兴。

吴国也有擅长铸剑的工匠,叫干将,他的妻子叫莫邪,吴王要他们也铸两把宝剑献上来。

干将到各地的名山去采集上等的铁矿和各种金属的精华,然后观天象,候地时,等到天地间的阴阳二气交合会聚,天上众神降临时,干将才开炉铸剑。

但正在鼓风熔铁时,天象突变,天气骤然变冷,炉膛里的金石不能熔化。干将大惊,却不知是什么缘故。

妻子莫邪说:"听说要让神异的东西起变化,往往要有人作出牺牲才行。今天铸剑是不是也要有人作出牺牲呢?"干将说:"以前我师傅冶炼金属,金石不肯熔化,他们夫妇一同跃入冶炼炉中,才使得金石熔化。"

莫邪听后便要跳进冶炼炉

中，以身殉剑。可是被干将拼死拦住。于是莫邪便剪下自己的头发，拔掉指甲，投入炉中。然后干将又召集了三百个童男童女，将冶炼炉装满煤炭，让他们一齐拉动风箱鼓风。终于，金石熔化了，铁水流淌出来，干将施展出高超的技艺，终于将剑铸成。

铸成的两把宝剑，一阴一阳，故称"雌雄剑"。雄剑就叫干将，剑上的花纹是龟甲图形；雌剑叫莫邪，上面刻着散漫的水波花纹。

干将把阳剑收藏起来，只把阴剑拿去献给了吴王，吴王阖闾得了阴剑，非常喜爱。

享有"世界奇观""人间瑶池"美誉的黄龙风景区位于四川省松潘县境内，是中国最高的风景名胜区之一。该风景区以丰富的动植物资源享誉世界，以独特的岩溶景观闻名于世。

精卫填海

太阳神炎帝有一个小女儿，名叫女娃，她生得既聪明又漂亮，人见人爱，谁都说："这真是个美丽的好孩子，将来一定是个了不起的女神！"女娃同爸爸住在太阳宫里。太阳神每天天不亮就驾着太阳车出去了，要到夜晚才能回来。这样，白天就只有女娃一个人在这座高大宽敞的宫殿里玩儿。

日子久了，女娃待在宫殿里实在闷得慌。这天，她爸爸又驾着太阳车出去了，小女娃便走出了宫门。

嗬！外面的世界多大呀！蓝蓝的天，青青的山，绿色的平原，苍苍的森林，广阔的大海微波粼粼，还有海鸥穿梭在飞浪之间……

女娃被这美丽的景色迷住了，

不由自主地来到海滩上。她在海滩上跑呀,跳呀,真是快乐极了。

第二天,女娃又来到海滩上玩,捡拾贝壳、抓小螃蟹、用沙子堆塔……就这样,她天天到海滩上去玩。日子一久,她觉得每天自己玩儿太孤单了,一点儿意思也没有。

这天,女娃坐在海滩上望着空阔的大海,自言自语地叹息着:"唉!要是有个朋友多好哇!"

忽然,一阵风吹来,远远的海上出现了一些黑点。那些黑点越来越近,越来越大。啊!原来是山,一座、两座、三座……整整五座大山。慢慢地那些山离海滩更近了。山上有树木、楼阁、花草、鸟兽。啊!还有载歌载舞的人们,好快乐啊!就连海上的海鸥也随着山上传来的悠扬乐曲在飞舞。

女娃看见一个和她差不多大的女孩儿停止了跳舞,向她招手喊着:"你是谁?来和我们一起玩儿吧!这儿是海上的岱舆、员峤、方壶、瀛洲、蓬莱五座仙山。小朋友可多啦,可好玩啦!"

女娃真想到神山上去,因为自己实在太寂寞了。可是就连最近的那座神山,离海滩也有几十丈远,她怎么去呀?女娃东瞅瞅,西望望,非常着急。

忽然,风转向了,五座神山向东北漂去。女娃心里像火烧着了似的,焦急在海滩上追着神山飞跑,边追边叫:"姐姐,姐姐!我怎么上去呀?"

神山上那个

女孩儿用手围成喇叭状，从远处大声叫："你乘着船来追我们吧！我们的神山下面没生根，随风漂流，可它大得很，走得慢……我在山上等你……"五座神山渐渐漂远了……

女娃拖着沉重的步子，回到了冷清的宫殿："好寂寞啊！连个伴儿都没有。对了，我可以造只船追上去，只玩儿几天就回来，爸爸会原谅我的！"女娃决心去追神山。她拿了一把石斧，来到宫殿后边的森林，选了一棵树用力砍去……汗水模糊了双眼，手上起了血泡，她咬紧牙坚持着。

大树终于砍倒了。她削去树枝，把一头劈尖，把槽挖好……一只前尖后圆的独木舟终于做好了。她怕耽搁时间，接着又削好了桨，找来几根藤条，顺着岩坡把独木舟拉到海边。 女娃跳上独木舟，对着巍峨的宫殿挥挥手，然后用力一撑，独木舟平稳地离开了海滩。

独木舟离开海滩后不久，平静的海上起了风浪。女娃有点儿害怕了，想划回去，可她想起爸爸曾说过：只有勇敢的人才能找到幸福。我也应该做个勇敢的人，冲破风浪，去寻找幸福。于是，女娃勇敢地迎着风浪向前划

去。可是风浪越来越大，独木舟一会儿被浪头高高抛起，一会儿又被抛跌下来……一个大浪像山崩似的从空中盖下来，独木舟被打翻了，女娃被打落在海里。女娃挣扎着浮出海面，伸出小手……又一个大浪盖下来，把女娃深深埋进了海底。这时的乌云和大海拥抱在一起，整个宇宙充满了恐怖的风号海啸。黑暗中，只听见炎帝嘶哑地呼唤着："女娃，女娃……"

女娃死后，她的灵魂化成了一只叫精卫的小鸟儿，愤怒地冲天飞起。

精卫没有飞回太阳宫去看望爸爸，也没有飞到神山去找小朋友们玩儿。她只记得自己是被无情的大海吞没的，便发誓要填平大海，不让大海再淹死其他的孩子。于是，她飞到高峻的西山，从那里衔来一粒石子，飞回东海，把石子投入东海，立刻又转身飞到西山，衔来一根小树枝，再投入东海。就这样永不停止。

当精卫把一粒小石子投进大海时，海波跳跃着，粼粼的波光像无数只眼睛在嘲笑她："我是大海，这么点儿小石子算什么！"可顽强的精卫不理睬大海的嘲笑，每当她听到小石子落进海里的响声，心里就无限欣慰："哼！你毕竟浅了一点点了。"

下雨天，人们看见精卫抖动湿淋淋的羽毛，穿过阴云，冲过雨网，不停地把小石子和小树枝投进东海。

下雪天，人们也看见精卫冒着严寒，穿过漫天飞舞的雪花，把小石子和小树枝投进东海。

就这样，好多年过去了，精卫始终顽强不息地工作着……她的不懈努力并没白费。据说，现在的山东半岛和辽东半岛，就是精卫一点点填起来的。而大海也被精卫的执着和勇气感动了，一般情况下，都是风平浪静的。

万水千山

神秘的莫高窟位于甘肃省敦煌市，它是世界上最大的佛教艺术宝库，其中以莫高窟为主体的敦煌石窟规模最大、内容最丰富、保存最完好。

孔雀公主

　　三四百年前,在美丽的西双版纳,头人召勐海有一个英俊潇洒、聪明强悍的儿子,叫召树屯。喜欢他的女孩子多得数也数不清,可他却始终没找到自己的心上人。

　　一天,他忠实的猎人朋友对他说:"明天,有七位美丽的孔雀公主会飞到郎丝娜湖游泳,其中最聪明美丽的是七公主兰吾罗娜,你只要把她的孔雀

氅藏起来,她就不能飞走了,就会留下来做你的妻子。"

"是吗?"召树屯将信将疑,但第二天,他还是来到了郎丝娜湖边等候孔雀公主的到来。

果然,从远方飞来了七只轻盈的孔雀,歇落到湖边就变成了七位年轻的姑娘,她们跳起了优雅柔美的舞蹈,尤其是七公主兰吾罗娜,舞姿动人极了!

召树屯立刻爱上了她。他照着猎人朋友的话去做,当兰吾罗娜的姐姐们都飞走了,只剩下她一人时,召树屯捧着孔雀氅走了出来。兰吾罗娜看着他,许久没有说话,但爱慕之情已从她的眼神中传递出来。不用说,召树屯娶到了自己心爱的新娘。

他们成婚不久,邻近的部落挑起了战争,为了保卫自己的家园,英勇的召树屯和兰吾罗娜商量了一个通宵,第二天召树屯就带着一支军队出征了。

　　战争刚开始时,天天都传来召树屯败阵退却的噩耗,眼看战火就要烧到自己的领土了,召勐海急得乱了阵脚。偏偏在这时,有个恶毒的巫师向他进谗言:"兰吾罗娜是妖怪变的,就是她带来了灾难和不幸,若不把她杀掉,战争一定会失败的!"召勐海头脑一热,就听信了他,决定把美丽的孔雀公主烧死。

　　兰吾罗娜站在刑场上,泪流满面,她深深地爱着在远方征战的召树屯,却不得不离开他。最后她对召勐海说:"请允许我再披上孔雀氅跳一次舞吧!"召勐海同意了。兰吾罗娜披上那五光十色、灿烂夺目的孔雀氅,又一次婀娜地、轻盈地、优雅地翩翩起舞,舞姿中充满了和平,充满了对人世的爱,发出圣洁的光芒,感动了在场所有的人。在悠扬的乐声中,兰吾罗娜化为孔雀,凌空远去了。

　　可就在这时,前线传来了召树屯凯旋的消息。在欢迎大军得胜归来的载歌载舞的人群中,召树屯没有看见自己日夜思念的妻子,在祝贺胜利犒劳将士的庆功宴上,召树屯还是没有看见兰吾罗娜的身影,他再也忍不住了,说道:"多亏了兰吾罗娜想出的诱敌深入的办法才打败了敌人，可现在她到哪儿去了呢？"召勐海一听，这才如梦初醒，却已悔之晚矣。

他把逼走兰吾罗娜的前因后果告诉了召树屯，召树屯听后只觉天旋地转，昏倒在地。苏醒过来后，他心中想的只是一定要去把妻子找回来。

召树屯跨上战马，又出发了。怀着对兰吾罗娜矢志不渝的爱，他克服了重重困难，经历了漫长而艰辛的跋涉，不顾全身伤痕累累，不管前程凶险莫测，他的真情感动了天地，最终迎来了与孔雀公主重逢的那一刻。他们含着热泪再次拥抱，发誓永不分离。后来，勇敢的召树屯和聪慧的孔雀公主过上了幸福的生活。

从此，那象征和平与幸福的孔雀公主的故事就在傣族人民中间流传开来。

万水千山

我国三大石窟之一的龙门石窟位于河南省洛阳市。龙门石窟开凿于北魏孝文帝迁都洛阳前后，石窟中最大的佛像高达 17.14 米，最小的只有 0.02 米。

八仙过海

西王母娘娘生日这天,各路神仙都带了礼品来为她祝寿。

铁拐李、汉钟离、吕洞宾、张果老、蓝采和、韩湘子、曹国舅、何仙姑也腾云驾雾一路赶来,向西王母行礼祝贺。

西王母见八仙特地赶到昆仑仙境为她祝寿,非常高兴,便下令仙童摘取蟠桃请贵宾品尝。

八仙听说,仙桃三

千年结一次果,吃了能驱邪除灾。于是,大家都吃得津津有味。

之后,王母娘娘又在大厅里宴请各路神仙。八仙围坐在一起,互酌互饮,非常快活。

由于天色已晚,八仙便向西王母请辞,驾起云头往东海飞去。

云下一片海涛声。八仙向下观望,只见东海波涛轰鸣,白浪冲天,十分壮观。

吕洞宾来了兴致,对大家说:"驾云过海,不算仙家本事,咱们若都用自家的拿手本领,踏浪过海,各显神通,岂不更好?"众仙异口同声道:"好!"

大家推铁拐李第一个渡海。巨浪掀起冲天水柱,瞬间又跌落下来,溅起千层水浪,发出砰然巨响。铁拐李面带微笑朝大海望了一眼。他走到海边,把手中的紫色拐杖投入东海。铁拐杖飘在水上,像一叶小舟,随波起落。它载着铁拐李劈风斩浪,向东海驶去,一会儿便平平安安地到达了对岸。

此时汉钟离对众仙说："现在瞧我的！"他拍了拍手里的响鼓,随后往东海扔去。海浪拍击着响鼓,发出咚咚的声音,把围上来的鱼都吓跑了。汉钟离盘腿坐在鼓上,平平稳稳渡过了东海。

张果老笑眯眯地说："两位老兄果然各有各的能耐。不过最高明的招数还要看我的！"

他从身上掏出一张纸,三折两折就折成了一只纸驴。纸驴四蹄着地,仰天一声长鸣,驮起张果老腾空而起。

张果老面朝驴尾,倒骑在驴背上,朝众仙挥手,晃晃悠悠地过了海。大海波涛汹涌,可纸驴身上一点儿都没有让水打湿。到了对岸,张果老把纸驴三折两折又揣进了怀里。

铁拐李和汉钟离见了,都拍手叫好！

接着,吕洞宾抽出背在身上的宝剑,韩湘子拿出随身带的梅花笛,何仙姑用莲花,曹国舅用玉板,把它们当做渡船,一个个站在上面稳稳当当地到达了对岸。

七个仙人到了对岸,却不见蓝采和的人影。众仙你看我,我看你,都不知道发生了什么事。大家想,会不会是东海龙王在暗中使坏,故意和大家捣乱?

于是汉钟离对吕洞宾说："比赛的主意是你出的,应该由你去寻找蓝采和！"

吕洞宾顺着海岸东寻西找,半天也没见蓝采和的踪影。他大声呼喊,也听不到蓝采和的回应声。

吕洞宾又急又恼,对大海吼道:"龙王听着,

赶快把蓝采和交出来。要不然,让你们知道我的厉害!"

原来,八仙过海时,虾兵蟹将以惊扰东海为由阻拦众仙,但众仙没有理采,于是虾兵蟹将上报龙太子,龙太子趁蓝采和走在最后便将他捉回,关押在海底。

龙太子听了勃然大怒,跑到海面上大骂吕洞宾。

吕洞宾也不与他争辩,拔出宝剑劈头就砍。龙太子见他来势凶猛,不敢与他交手,"扑通"一声潜入水下。

吕洞宾哪肯放跑了他,立刻拿出腰间的火葫芦扔进东海。

那火葫芦如母鸡下蛋一般,转眼间生出千万只火葫芦,顿时万顷碧波变成了一片火海。

龙王吓得魂不附体,忙问出了什么事,竟搅得龙宫地动山摇,海水沸腾。

龙太子只得老老实实讲出了真相。龙王听后又气又怕,立刻下令放了蓝采和,东海才恢复宁静。

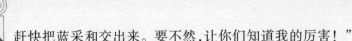

万水千山

北魏著名地理学家郦道元曾在《水经注》中写道:"凿石开山,因岩结构,真容巨壮,世法所希。"这段话是郦道元对位于山西省的云冈石窟的描述。云冈石窟继承和发扬了秦汉时期的石窟艺术风格。

牛郎织女

黄帝战胜蚩尤以后,蚕神献上她亲自吐的丝,来庆祝黄帝的胜利。

黄帝见了这美丽而稀有的东西,大为称赞,便叫人用这丝来织成绢子。织好的绢子又轻又软,像天上的行云,溪中的流水,比从前用纻麻织的布好多了。

黄帝的臣子伯余拿这种丝织的绢子做成衣裳,黄帝也用它做成礼帽和礼服。

黄帝的妻子嫘祖,就是天后娘娘,也养育了一些蚕宝宝,就让它们吐出像蚕神献来的那样好看的丝,再把它织成许多像行云流水般又轻又软的绢子。

嫘祖开始养蚕后,人们也纷纷效法,蚕种不断繁衍,愈来愈多,到后来竟遍及我们祖先居住的丰饶大地。采桑、养蚕、织布,这诗一样的美丽劳动,成了中国古代劳动妇女们的职业。

从这美丽而富有诗意的劳动中便产生了一些追求自由、追求爱情幸福的动人传说,牛郎织女的传说就是其中最著名的一个。

相传织女是天帝的孙女,也有的说是王母娘娘的外孙女。她住在银河的东边,能用一种神奇的丝,在织布机上织出许多随时间和季节的不同而变换不同颜色的美丽的云彩。会这种本领的,除了织女之外,还有其他六位年轻的仙女,她们都是织女的姐姐,也都是天上的织造能手,织女在她们当中,是最勤勉努力的一个。

隔着清浅而闪光的银河,对面就是人间。

在那里住着一个牧牛少年,叫牛郎,他的父母早已去世,从小就跟着哥嫂生活,常常受哥嫂的虐待。

后来,哥嫂和他分家,只给他一头老牛,就让他自立门户。靠着老牛的帮助,牛郎在荒地上勤劳开垦,耕田种地,盖造房子,一两年后,居然建成了一个小小的家,勉强可以维持生活。可是除了那头不会说话的老牛外,家里冷冷清清的,只有他一个人,日子过得非常寂寞。

有一天,老牛忽然口吐人言,告诉他说:"织女和其他仙女要到银河里去洗澡,你趁她们洗澡的时候,偷偷拿走织女的衣裳,这样就可以让她做你的妻子了。"

牛郎听从了老牛的话,悄悄地来到银河岸边的芦苇丛里躲藏了起来,等候织女和她的姐姐们的到来。不一会儿,织女和美丽的仙女们果然来到银河洗澡,她们脱下衣裳,纵身跳入河水中,顷刻之间,绿波的水面上好像绽开了朵朵白莲。牛郎看准织女脱下的衣裳,从芦苇丛中跑了出来,直奔青草岸,拿走了织女的衣裳。

仙女们见被人发现了,急忙穿上了自己的衣裳,像飞鸟儿一般四处逃散,银河里就只剩下那个因为没有衣裳而不能逃走的织女。

牛郎看着美貌的织女,恳求她做自己的妻子,织女含羞地点了点

头。就这样，织女做了牛郎的妻子。他们成亲以后，男耕女织，相亲相爱，生活得非常幸福美满。

　　不久，织女生下了一儿一女，夫妻俩都以为能够终身相守，白头到老。谁知天帝和王母娘娘知道了这件事情，都非常生气，便派遣天神把织女带回天庭问罪。王母娘娘怕天神疏忽大意，便亲自跟去督办。织女就这样被迫和丈夫、孩子们凄惨地分开了，被天神押解着回到了天庭。

　　牛郎见爱妻被劫走，悲痛万分，立刻用箩筐挑着儿女们，连夜跟随追去。

　　他本打算渡过那清浅的银河，一直赶到天庭。哪知道追了半天，仍没有看到银河的踪影。抬头一看，原来银河已被王母娘娘用法力搬到了天上。夜空中，银河还是那么一条清浅闪光的水流，可已是仙凡异路，再也不能接近它了。

　　牛郎回到家里，抱着失去母亲的儿女，顿足捶胸，号啕大哭。

　　此时老牛在牛圈里又开口说话了："牛郎，我快要死了！我死以后，

你剥下我的皮披在身上，就可以升到天上去。"老牛说完话，便倒地死去了。牛郎依照老牛的话，剥去了它的皮，将皮披到身上，挑着一对儿女准备上天去寻找织女。为了使箩筐两头的重量均衡，他随手拿了一个瓜瓢放在了箩筐里。

牛郎升到天上后，像风一样穿行在灿烂的群星之间。看着银河，已遥遥在望，一河之隔的织女，也仿佛清晰可见。牛郎高兴极了，孩子们也拍着小手齐声呼唤着他们的妈妈，谁知道他们刚跑到银河，正想要渡河过去的时候，从天空中忽然伸下一只女人的手。原来是王母娘娘着急了，拔下自己头上的金簪，沿着银河轻轻地一划，清浅的银河顿时变成了波涛滚滚的天河……

牛郎被眼前这汹涌奔流的天河惊呆了。一时间没有了主意。

"爹爹，我们拿这瓜瓢来舀干天河里的水！"小女儿擦干了眼泪，天真而倔犟地说。

"对,我们来舀干天河的水!"牛郎见女儿如此懂事,心里很高兴。

牛郎拿起瓜瓢,一瓢一瓢地舀那天河的水。他舀得累了,儿女们又合力用他们的小手来帮爹爹舀。

牛郎坚贞而执著的举动,终于感动了威严的天帝和王母娘娘,于是他们便允许牛郎和织女每年阴历七月七日的晚上相见一次。相见时由喜鹊来替他们搭桥。

每当此时,夫妻俩便走到鹊桥上相会,互相诉说离别的思念。

织女见了牛郎,免不了悲哀哭泣,这时大地上往往就是一阵细雨纷纷,人们都忍不住带着同情和感伤的口吻说:"织女又哭了!"

此后,牛郎就和他的儿女住在了天上,隔着那条天河,和织女遥遥相望。

至今在秋夜天空的繁星中间,我们还可以看见有两颗较大的星星,

在那条白练般的天河两边，晶莹地闪烁着，那就是牵牛星和织女星。和牵牛星并列成直线的两颗小星星，传说是他俩的一对儿女。稍远的地方有四颗像平行四边形的小星，据说是织女投掷给牛郎的织布梭子。离织女星不远处有三颗小星星，排列得像等腰三角形，据说是牛郎投掷给织女的牛拐子。

他俩就是把书信缚在织布梭子和牛拐子上，用这种方法来传达彼此思念之情的。

万水千山

武夷山风景区在今福建省境内，它兼具黄山之奇、桂林之秀、泰岱之雄、华岳之险、西湖之美，有"奇秀甲东南"之誉。风景区内的自然保护区是我国东南现存面积最大、保存最完整的亚热带森林系统。

聚宝盆

明朝初年，有个叫沈万山的人，他家境贫寒生活困苦。

一个宁静的夜晚，沈万山忙了一天，刚上床就进入了梦乡。不知过了多长时间，大约有一百多个穿着青色衣服的人，一齐拥到他的面前，纷纷祈求说："大人，快行行好吧！""有人要杀我们，怎么办哪！只有你能救我们！"

祈求声掺杂着哭声，十分凄惨。

沈万山感到太突然了，这些人是从哪里来的呢？我一个也不认识呀，他们怎么会找我？要找也得找有本事的人，我一没有钱，二不会武艺，于是他问道："请问，你们可知道我是谁吗？"

"知道！"青衣人异口同声地回答，"你是沈万山大人。"

"你们没有找错人？"

"没有！"

沈万山一听，为难地说："人非草木。你们这样哀求，我哪有见死不救之理？只是我没有本事相救呀！你们也不想想，你们这么多人都对付不了的事，我又有什么办法呢？"

可是青衣人却说只有他能搭救他们。沈万山顾不得问明要杀他们的是什么人，脑袋里只想着："我有什么办法？我有什么办法……"

一个青衣人说："你就帮帮忙吧，我们一定报答你的救命之恩！"

沈万山生气了:"这算什么话!难道我是图什么好处吗?我确实没有办法!"

这个青衣人对大家说:"咱们给大人跪下!"

"你们!你们……"沈万山一急,便醒了。他睁开眼睛一看,哪有什么青衣人?

第二天早晨,沈万山出门遇见本村姓赵的渔翁,客气地说:"您老起得这么早干什么?"

"嘿嘿嘿,去捉来一百多只青蛙,回来下酒吃。"赵老头说着,指指背着的鱼篓。

沈万山又跟赵老头寒暄了几句,正要离开,猛地想起夜里的梦,他们都穿着青色衣服,跟青蛙的颜色一样……对啦,那些青衣人就是赵老伯捉的青蛙呀!原来是它们托梦给我。嗯,这么说来,我能救他们的命!于是,他就从赵老头那买回了全部青蛙。由于沈万山没有家什,赵老头还把鱼篓借给了他。

妻子见丈夫背个很重的鱼篓回来，以为买回来很多鱼，埋怨说："你哪来钱买这么多鱼？家里的米缸……"

沈万山"扑哧"笑了："你是想吃鱼了吧！我这是做好事，从赵老伯那儿买的青蛙，准备把他们送到房后的水池里放生。"

妻子虽然生气，但也不好对丈夫发火，只能坐下来抹眼泪。

沈万山把鱼篓放下来，对妻子说："哭什么呀，听我讲清楚嘛。"然后他把夜里的梦一五一十地对妻子讲了一遍。

妻子听后，止住了眼泪，同沈万山一起把青蛙放入房后的水池里。水池里荷花鲜艳可爱，青蛙们跳到翠绿的荷叶上，朝着救命恩人唱起歌儿来。沈万山心里甜丝丝的。

但是，到了夜里，却苦了沈万山夫妻。青蛙们呱呱的叫声，使他俩翻来覆去睡不着。妻子不满地说："看你干的好事！我明天一早就把它们赶走！"

沈万山一早起来，来到房后时，只见那一群青蛙，正在池边围着一只瓦盆叫着，"奇怪，这只瓦盆哪里来的？"他拿着瓦盆问妻子，"这只盆是谁家的？"

妻子上前辨认，不小心，头上的银钗掉到了瓦盆里。接着两个人都惊叫起来，原来刚掉下去的一只银钗，变成了满盆子的银钗！

他们立刻明白了，这只不起眼儿的瓦盆，是青蛙作为报答送给他们的一只聚宝盆。

　　沈万山马上向人借来金银财宝,放进聚宝盆。金银财宝放下一点,立刻变成了一盆。

　　好人有好报,就这样沈万山变成了天下第一的大财主。

万水千山

　　地处东亚、南亚和青藏高原三大地理区域交汇处,由怒江、澜沧江、金沙江及其流域内的山脉组成的"三江并流"景观不仅是世界上生物物种最丰富的地区之一,还是世界上罕见的多民族、多语言、多宗教信仰和多风俗习惯并存的地方。

大鹏斗孽龙

　　远古时候，人与龙是同父异母所生的兄弟。分家时，天被划成两半；地被横切成两截。房屋、牲畜、森林等都分成两份，人一份，龙一份。人住在陆地上，龙住在海里。他们彼此约定：世世代代，和睦相处，互不侵犯。

　　但他们的父亲只留下一颗夜明珠，作为传家宝。父亲给人与龙约定好：他去世之后，这颗夜明珠就属于人与龙共同所有，谁也不得占为己有。

　　龙很贪心,父亲一死,他就把夜明珠盗去藏在了海底。接着,龙又一天天地侵占人的地盘。最后,天被龙占据了九十九份,地被龙占据了九十九份。人被龙挤得只剩下一顶帽子那么大的天,只剩下能够容得下一只马蹄踩的地。

　　人去耕地,龙就派蟒蛇来咬;人去砍柴,龙就派秃鹰来抓;人去背水,龙就派青蛙来扰。龙的心变得越来越狠毒,就这样竟闹得接连几年滴雨不下。土地都干旱得开裂了,什么也不能生长。

　　人们非常气愤,都来商量对付龙的办法。大家都说若要对付龙,只有去天上请来大鹏,否则很难取胜。于是人们经过协商,选派了一名使者,代表大家到天上去,请大鹏下来,战胜恶龙,恢复他们以往和平、安宁的生活。

　　大鹏慷慨地答应了使者的请求,立刻飞到地上来。人们热烈地欢迎大鹏,并且告诉他:"这条孽龙非常狡猾,平时不常露面。但每逢初一或十五那天早晨,孽龙一定会从海底出来,因为它要洗头,并且要在海面上尽情地玩耍。"

初一那天,大鹏早早地伫立在东山的高峰尖上,两眼紧紧地盯住海里。太阳刚刚露出海平面的时候,孽龙便从海里探出头来,狡猾地东张西望。很快就发现了海水里映着大鹏的影子,它赶紧把头缩了回去,再不敢出来。

人们气愤地说:"孽龙躲得了初一,躲不了十五!"十五那天大清早,人们给大鹏套上一副铁钩金爪,以便再度出击。大鹏不敢怠慢。这次,它找了一处比较隐蔽的地方,躲在西边山峰尖的茂密树丛后,窥视着海面。

太阳出来了。海面上掀起了波纹,孽龙探出头来。它东瞧瞧,西望望,见海面平静,没有大鹏的影子,这才放心地拿出了金盆银缸、宝石梳子、碧玉面镜和珍珠簪缨,披散了长长的头发,撩着海水梳洗起来。

突然,一声霹雳,大鹏从天而降,像闪电一般掠到海面,那对铁钩金爪紧紧地抓住了孽龙的头。大鹏的巨爪猛地往上一提,孽龙的一大截龙身便被提出了水面。大鹏扑腾着巨大的翅膀,海水被搅得直响。

孽龙虽害怕得要命,但

嘴巴却很硬,它大喊大叫道:"大鹏!你快放开爪!我的身躯有三段,你才提起一段,还有两段在海底,你提不起!"大鹏厉声说:"你有三段身躯,我有三股力气,才用了一股,还有两股没用呢!"

大鹏的铁钩金爪一用劲,孽龙疼得直叫。大鹏把孽龙提出一段,海水干下去一截;把孽龙拉出来两段,海水干下去两截;当大鹏把孽龙提出三段时,海水全干了。孽龙再不能逞凶了,大鹏把它拖起来,捆绑在一棵神树上。

孽龙装出一副可怜的样子说,它从来没有害过人,是人们犁地犁断了它家蟒蛇的腰,砍柴砍断了它家秃鹰的脖子,背水扎断了它家青蛙的趾爪;它说它愿与人们讲和,只要人们向它祈祷,向它奉献净面、酥油、柏叶和马牛羊鸡就行。

人们听了,异口同声地愤怒斥骂:"孽龙!你的脸皮确实太厚!你不让我们犁田播种,哪来的净面!你不让我们上山砍柴、放牲口,哪来的柏叶、酥油以及马、牛、山羊和白鸡呢!"

孽龙还想挣扎,无奈被大鹏捆绑住肢体动弹不得。大鹏按住了它,喝道:"孽龙!你听清楚了!今后,只许你住在远离人世间的黑山岩,再不许出来兴妖作怪。如果你不服管,再出来害人,小心雷劈你、火烧你!"

从此以后,孽龙真的再也不敢来捣乱作怪了。人世间年年风调雨顺,家家户户丰衣足食,人们过上了幸福的生活。这都多亏了大鹏的帮助。人们为了感谢他,就把那颗传家的夜明珠送给了大鹏。

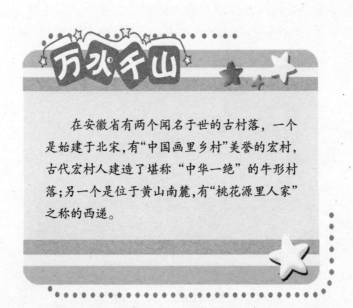

万水千山

在安徽省有两个闻名于世的古村落,一个是始建于北宋,有"中国画里乡村"美誉的宏村,古代宏村人建造了堪称"中华一绝"的牛形村落;另一个是位于黄山南麓,有"桃花源里人家"之称的西递。

宝莲灯

　　从前，在华山的圣母殿里住着一位美丽、善良的仙女——华山三圣母。

　　这三圣母有一件王母娘娘赠送的镇山之宝——宝莲灯。只要宝莲灯大放异彩，不管哪路妖魔、哪方神仙，都会束手就擒。三圣母非常善

良,常常不辞辛苦地用神灯为山里的行人指路。

一天,三圣母在山上遇到了一位年轻的书生,叫刘彦昌。两人一见钟情,便结为了夫妻。

婚后,两人恩爱无比。后来,刘彦昌要上京赶考,而此时,三圣母已怀有身孕。上京赶考前,刘彦昌给三圣母一块儿祖传的沉香,说孩子出生后,就叫"沉香"。

不久,三圣母私嫁凡人的消息让她的哥哥二郎神知道了。二郎神觉得妹妹私自下嫁凡人,十分丢脸,就去找妹妹问罪。结果两人话不投机,打了起来。二郎神一气之下夺过宝莲灯,并把三圣母关在了华山的黑云洞里。

三圣母在黑云洞里生下了儿子沉香,并写下血书放入孩子怀中,偷偷托付土地神:一个月后在圣母殿里,将孩子交给前来朝山的刘彦昌。

再说上京赶考的刘彦昌金榜题名,被封为扬州巡抚。上任前,他特地来华山朝山,他走进圣母殿,发现香案上躺着一个男婴,只见那孩子脖子上挂着沉香,怀里还揣着血书。刘彦昌看过血书才知道原来三圣母已遇难,眼前的男婴就是自己的儿子!

刘彦昌把沉香带回扬州,留在自己的身边细心抚养。

就在沉香13岁那年,他偶然在父亲的箱子里翻出了血书,才知道母亲被压在华山底下。于是他带上血书,独自去华山救母了。可是,沉香小小年纪,还是个凡人,怎么能救母亲呢?

天上的霹雳大仙被沉香的决心感动了。他把沉香带到天河里,神奇的天河使沉香有了无穷的神力,后来霹雳大仙还帮沉香得到了一把宝斧。

有了神力和宝斧，沉香就向华山奔去。他来到华山黑云洞前，大声呼喊着母亲，声音穿透重重岩层，传入三圣母的耳中。

三圣母知道儿子一片孝心来救自己，激动不已。但想到沉香年幼，二郎神又抢去了宝莲灯，儿子哪里是他的对手呢？没办法，三圣母叫儿子去向舅舅求情。

沉香来到二郎神庙，向舅舅二郎神苦苦哀求。谁知二郎神铁石心肠，非但不肯放出三圣母，还要打沉香。沉香觉得二郎神欺人太甚，便拿起宝斧，和二郎神打了起来。

这件事惊动了天上的太白金星，他派了4位仙姑去看个究竟。4位仙姑站在云端看了一会儿，觉得二郎神身为舅舅，这样凶狠地对待一个孩子，太无情无义了，于是暗中助了沉香一股神力。沉香越战越勇，二郎神则再也招架不住，丢下宝莲灯逃跑了。

沉香立即赶回华山，来到黑云洞前。只见他抢起宝斧，猛劈过去。随着"轰隆"一声巨响，华山裂开了。受尽苦难的三圣母终于重见天日了，她和儿子紧紧地抱在了一起。

万水千山

位于湖南省衡阳县的衡山是五岳之一，有"南岳独秀"的美称。清人魏源在《衡岳吟》中写道："恒山如行，岱山如座，华山如立，嵩山如卧，惟有南岳独如飞。"除此之外，衡山还是我国著名的道教名山。

田螺姑娘

东晋元兴年间，侯官人谢端的家中发生了一件令人极为惊奇的事情。

谢端从小父母双亡，无亲无故，是左邻右舍好心的大娘大婶们收养了他。东家做饭给他吃，西家缝衣给他穿。就这样，转眼谢端长到了十八岁，成了一个壮实的年轻人；他为人勤劳诚恳，品行端正，对收养他的邻居们非常尊敬和关心，经常帮他们修房垒墙，耕田锄地。

大家见谢端勤劳肯干，为人宽厚，而且也到该结婚的年龄了，便打算帮他找个媳妇，但却一直没有找到合适的姑娘。

谢端仍旧每天早出晚归，辛勤地劳作，舍不得浪费一点儿时间。一天，他在地里耕地的时候，拾到一个足足能盛下三升酒的巨大田螺。他觉得这个田螺非同寻常，就把它带回了家里，放到水缸中养了起来。

　　他每天都给田螺准备足够的食物和水，还经常把它拿出来观赏一番。就这样，一连过了十几天。

　　一天，他早早地下地去干活，很晚才回家。路上他在想，晚上该吃点儿什么呢？他边走边想，不知不觉就到了家里。忽然一阵扑鼻的饭香飘来，仔细一看，热腾腾的饭菜摆在了桌子上。再看锅灶里，火还没有熄呢！谢端以为又是邻居们帮他做的饭，便在吃过饭后向邻居道谢。

　　邻居疑惑地说："我今天没有帮你做饭，你为什么要向我道谢呢？"他觉得是邻居做了好事不愿意张扬，便心怀感激地回家去了。

　　从那之后的很多天，他每天回家都有饭吃，于是他又满怀感激地去向邻居道谢。

　　哪想邻居却笑着对他说："你怎么也学会故弄玄虚了呀？是不是你自己娶了媳妇，藏在屋里让她给你烧火做饭啊？"谢端听后，心中感觉很奇怪，不是邻居那又会是谁在天天为自己做饭呢？

　　他想来想去没有头绪，便决定要弄个水落石出。不然，别人为自己这样辛苦，自己却连句感谢的话都没有，这实在说不过去。于是第二天，鸡刚叫他就去地里忙农活去了，但天刚蒙蒙亮的时候他又悄悄地回到了家中，他站在篱笆墙外偷偷地往屋里看，只见一位花容月貌的姑娘从屋里放田螺的水缸中走了出来，她走到灶旁就开始烧火做饭。

谢端悄悄来到屋里放田螺的水缸边，往里一看，那田螺只剩下了一个空壳。他便走上前去问那位姑娘："姑娘，你是从哪里来的？为什么要帮我做饭？"

姑娘看到谢端，十分惊讶，想回到田螺壳里去，但是已经来不及了，只好如实地对谢端说："我是天河里的白水素女，天帝看你孤苦又善良，所以暂时派我来帮你做饭看家。让你十年之内生活富裕成家立业，到那时，我就可以返回天上去了。但是现在你发现了我，我就不能继续留在这里，只能提前回去了。不过，我把这个田螺壳留给你，你用它储存粮食，将会取之不竭。"

谢端听后苦苦恳请她留下，但白水素女执意要走。这时屋外风雨交加，白水素女便随风雨走了。虽然谢端感到很可惜，但在白水素女留下的田螺壳的帮助下，加上自己的辛勤劳作，最终过上了幸福快乐的生活。

万水千山

　　黄果树瀑布是中国最大的瀑布，位于贵州省安顺市镇宁布依族苗族自治县境内的白水河上。它是以当地的一种常见的植物"黄果树"而得名。黄果树瀑布以其雄奇壮阔的大瀑布、连环密布的瀑布群而闻名于海内外，十分壮丽，享有"中华第一瀑"之盛誉。

龙伯钓鳌

远古时候，东海边上有五座神山：岱舆、员峤、方壶、瀛洲、蓬莱。山上四季如春，鲜花盛开，果实累累。

住在山上的神仙们，饿了就摘些果子吃，饱了就去聊天下棋，或者骑上白鹤去各处游玩。

但这样的日子神仙们还不满足，他们嫌居住的山洞又低矮又潮湿。有位神仙建议修建几座漂亮的宫殿，大家立刻拍手赞成。

修宫殿需要木料，谁去上山砍树呢？这工作是要流大汗出大力的，大家推来推去，谁也不肯去干。最后只好用抓阄的办法来决定。张大仙和李大仙抓着了，没有办法，他们跺着脚大叫倒霉，很不情愿地拿起斧子走了。

可过了些日子，还不见张、李二位大仙回来。王大仙提议派人去看看，大家都不愿去，就夸王大仙关心同伴，可以代表大家上山去看望张、李二位。

王大仙无奈，只好打起精神上山。他见张、李二位大仙正在悠闲自在地下棋，王大仙愤怒地叫起来："哎呀呀，还以为你们被狼叼去了，原来还在下棋。你们砍的树呢？"

"树？"张、李二位大仙只好收起棋盘，去拿斧头。一看，斧柄已经腐烂了，便说："斧头坏了，没法砍树了。"说完转身下山去了。

神仙们想住宫殿，却谁也不愿动手，就想请天帝派人来修。可是谁去见天帝呢？这回大家都争着要去，争得面红耳赤，差点儿打起架来。最后决定由三位年纪最大的老神仙去见天帝。后来天帝同意了他们的请求，派人去神山修建宫殿。

宫殿修得富丽堂皇，珠栏玉砌，琼阁瑶台。神仙们很喜欢，等不得油漆干，就争先恐后地搬了进去。

从此，神仙们的日子更好过了。谁料，水神共工和火神祝融打起仗来，共工一头撞倒了不周山，搞得天塌地陷，海水翻腾。五座神山被几百丈高的狂涛巨浪卷入大海，像五只没舵的船，一下升上波峰，一下跌入浪谷。神仙们被颠簸得头晕眼花，呜哇乱吐。他们只好去求助天帝，天帝

就命海神禺强去帮助仙人们。海神想来想去,只有把神山稳住才行。他就派了五只龙头巨鳌驮起五座神山,并特别嘱咐诸神仙,巨鳌不能去找吃的,要每年喂它们一次食物。

神山有巨鳌驮着,非常平稳,神仙们又可以过安逸清闲的日子了,但却没有一个人想起去喂巨鳌。

东海边有个叫龙伯的巨人,他常去海边钓鱼。他手拿钓竿,站在海里,那么深的海水也只到他的小腿。

这天,龙伯走下东海,迎面遇到五座神山。他看看那些宫殿,觉得很有意思,笑着说:"嘻嘻,这是哪个小孩子做的玩具呀?倒是很精巧的。"他站在岱舆、员峤两座神山之间,从袋里摸出一头大象挂在钩上做饵,就把鱼钩向海中一甩,等着大鱼上钩。

那巨鳌很久没有东西吃,正饿得两眼发花,见一头大象掉进海里,不管三七二十一,张开血盆大口,便把大象吞了下去。

龙伯见浮子往下一沉,用力一提钓竿,便把巨鳌从神山下拉了出来,装进了袋子。接着,他又钓上来一只巨鳌,看天色不早,就回家去了。

一夜,海上忽然掀起了狂

风巨浪。方壶、瀛洲、蓬莱三座神山有巨鳌驮着，倒还平稳。驮着岱舆、员峤两座神山的巨鳌被龙伯钓走了，神山就像一片落叶，随着风浪颠簸。这两座神山上的仙人被风浪颠来簸去，感到大难临头，哭天喊地，乱成一团，有的去抢箱笼中的珠宝，有的去抢白鹤，吵的吵，打的打，互不相让。乱了好一会儿，终于纷纷驾着白鹤，离开神山，飞上天去了。他们拥进金殿，请求天帝帮助。天帝说："你们这样懒，这样不争气，我也没办法管了，随你们自生自灭去吧！"

多年以后，海上神山的故事传到人间，秦始皇、汉武帝都曾派船队去寻找，可连神山的影子也没找到。也许那些巨鳌都被龙伯钓去了，神山也沉没在海中了吧！

万水千山

镜泊湖位于黑龙江省东南部，距牡丹江市区110公里。镜泊湖状似蝴蝶，其西北、东南两翼逐渐翘起，湖中大小岛屿星罗棋布，它以独特的朴素无华的自然美闻名于世，吸引越来越多的国内外游人。

哪吒的传说

　　哪吒是托塔天王李靖的小儿子，母亲生下他们兄弟三个，老大叫金吒，老二叫木吒，因三儿子左脚掌上有个"哪"字，右脚心上有个"吒"字，于是父亲就给他起名叫"哪吒"。

　　其实，哪吒原是玉皇大帝驾下的大罗仙，他身长六尺，长着三头九眼六臂，口吐青云脚踏磐石，只要他大喊一声，便云降雨从，乾坤震动。由于世间妖魔太多，玉帝便命他下凡除妖，投胎到李天王夫人的腹中。

　　哪吒出世后一天便会说话，两天就能走动，三天便走出家门闯荡去了。他只身来到东海戏水玩耍，却遭到东海龙太子的挑衅。哪吒一生气，打跑了虾兵蟹将，踢倒了水晶宫，捉住了龙太子，要抽他的筋做绳子。龙王回宫后,得知此事,勃然大怒,便领了虾兵蟹将前去向李天王问罪,限期让他交出哪吒,否则就踏平他的府第。

李天王见哪吒闯下弥天大祸,又气又怕,他担心哪吒再生出什么祸端来,便要杀哪吒。哪吒见父亲如此绝情,一气之下,便用刀割下身上的肉还给了母亲,剔下骨头还给了父亲。父精母血还完了,他只剩下了魂灵,便飘飘悠悠地到西方极乐世界向佛祖告状去了。

到了佛祖那里,佛祖知道哪吒已经变成了魂灵,便念动起死回生真言,又折荷菱做骨,藕做肉,丝做筋,叶做衣,传授法轮密旨,亲授"木长子"三字,从此,哪吒的魂灵不仅有了肉身,而且还能大能小。佛祖又施给他法力,让他下界去除妖降魔。

哪吒领了佛祖之命,降服了九十六洞妖魔,立下了大功,玉帝便命他永守天门。

万水千山

桂林自古享有"山水甲天下"之美誉,其境内地形复杂,地貌多样,四周山地环绕,漓江和义江自北向南流经辖区。桂林有浩瀚苍翠的原始森林、雄奇险峻的峰峦幽谷、激流奔腾的溪泉瀑布、天下奇绝的高山梯田,所以桂林山水是中国自然风光的典型代表。

烟神和火神

很久以前,在北方的天边住着一个魔王,它什么都不怕,就是怕火,只要一见到火,它就就会打喷嚏、流眼泪,所以它就想尽一切办法把世上的火全都收到魔宫里锁起来,还派飞龙、飞虎把守着魔宫,不让任何人靠近。

世上的火种绝了,魔王便兴风作浪地干坏事。但天上的三公主不满魔王的所作所为,她让魔王把火还给世人,并不再干坏事,可魔王却不答应。

三公主很生气,决定派一个儿子去把火夺回来。她看看四个儿子,心想:派谁去呢?老大太瘦,老二太矮,老四又太小了,想来想去还是让老三去最合适。因为老三雷豹是个身强体壮、又机灵又勇敢的孩子。

三公主给他一把金叉、

一团棉花和一只布袋子,对他说:"你先到人间去待一段时间,人们会告诉你怎么办的。"雷豹听了妈妈的话,来到了人间。

在一座大山下,住着一个没儿没女的老婆婆,人们都叫她三婆婆。这一天,三婆婆正在家里做活儿,忽然听见门外有敲门声,就连忙走出来。只见门口站着一个壮壮实实的孩子,三婆婆热情地问道:"乖孩子,你找谁呀?"

雷豹说:"我是个没有家的孤儿,想找一个娘,你就当我的娘吧,行吗?"

三婆婆一听高兴极了,就收下了这个儿子。

雷豹帮助三婆婆开了三年荒,打了三年石头,人长高了,力气也变大了。

这天,三婆婆说:"孩子,你不小了,该娶个媳妇了。快到东山雷老爷爷那去一趟,他年纪大主意多,一定能帮你找个好媳妇。"

雷豹听了非常高兴,到后山野林里抓来一只狮子、一只老虎和一只花豹,然后把猎物扛在肩上,来向三婆婆告别。

三婆婆说:"见了雷老爷爷,你对他说,这花豹是我送给他的,这老虎是你送给他的,那只狮子是请他说媒的礼品。他要是不答应帮你找

个好媳妇,你就请他把头脑里的智囊袋子解开,随便摸个主意就行了。"

雷豹记下了三婆婆的话,到东山找到了雷老爷爷。

雷老爷爷是个白头发、白胡子的老人,眉毛很长,把眼睛都盖住了,他整天闭着眼睛打瞌睡。

雷豹走到雷老爷爷的面前,把花豹轻轻地放在他的左边,把老虎轻轻地放在他的右边,把狮子摆在他的面前,然后静静地站在一旁等雷老爷爷醒来。他等了很久,从艳阳高照等到日暮西沉,雷老爷爷才慢慢地把眼睛张开。雷豹见雷老爷爷醒了,便恭敬地说:"老爷爷,是娘叫我来的,花豹是我娘送给你的,老虎是我送给你的,这狮子算是说媒的礼物,请你给我找个媳妇吧。"

雷老爷爷摸着胡子说:"谢谢你们。不过我老了,怕不能给你找到称心如意的媳妇了。"

雷豹说:"那请老爷爷把头脑里的智囊袋子解开,随便摸个主意就够了。"

老爷爷听了"呵呵"地笑了起来,睁眼看看,见是个壮实的好小伙子，就问："你是谁家的孩子呀？"

"我是西山三婆婆的儿子，三婆婆是我娘。"

老爷爷摇摇头说："三婆婆没儿没女，哪来你这么个孩子呀？"雷豹这才想起来，自己是下凡来找火的呀！于是他就把三公主叫他找火的事一五一十地都说了，还求老爷爷告诉他，怎样才能找到魔王将火夺回。

雷老爷爷想了想说："你先到我后门口，把那九十九根竹竿都爬过，竿竿都得爬到顶尖，爬完了你再回来。"

雷豹走到后门口一看，哟！这么多的竹子啊！一个比一个高，最高的都要顶天了。他爬呀，爬呀，足足爬了九天才爬完。

等他再走进屋的时候，雷老爷爷拍着他那结实的肩膀，高兴地对他说："孩子，今天是八月十五，月亮出来的时候，你躲到后山那棵大桂花树最高的枝上，把上面挂着的粉红色的绸衣抱牢。那个来要衣裳的，就是你的媳妇，她还会帮你到魔宫去夺火的。"

到了晚上，雷豹早早地躲到了大树下，忽然看见有好多仙女从树上落到湖里。来洗澡的仙女们把五颜六色的衣服挂了一树。他悄悄地爬上去，一直爬到最高最高的那个树枝上，取下了粉红色的绸衣，然后滑下来，躲到树下等着。

不一会儿，洗完澡的仙女们一个接一个地穿上衣裳，轻盈地飞走了。只剩下一个最年轻、最漂亮的云仙子没法走，因为

她找不到自己的衣裳了!

正在着急的时候,一回头,她看见雷豹正抱着她的衣服,便伸手去要,可雷豹怎么也不给,说非要她答应当他的媳妇,他才肯把衣服还给她。最后云仙子只好答应给他做媳妇,并帮助他一起到魔宫去夺火。

云仙子是风神和雨神的女儿,既聪明又美丽。她穿好衣裳后,接过棉花和布袋子,就和雷豹一起告别了雷老爷爷,驾着彩云向魔宫飞去。

魔宫的第一道门由飞龙把守。飞龙见来了人,马上扑了过来。雷豹举起金叉刺过去,飞龙一闪躲开了,转身又张开大嘴喷出了毒水,云仙子忙把那个棉花团投了过去,棉花团立刻把毒水吸干净了。这时雷豹一个箭步上前,刺死了飞龙。

把守第二道门的是飞虎。它见来了人,就张开大嘴吐着毒气,云仙子忙用大布袋子收了毒气,雷豹趁机用金叉刺死了飞虎。

走到第三道门的时候，魔王突然从里面猛扑出来。魔王拿着大斧，雷豹拿着金叉，两个人从天亮打到天黑，从天黑打到天亮，不分胜负。

　　这时云仙子悄悄地变成了一股青烟，在魔王眼前绕来绕去，魔王眼睛模糊了，看不清眼前的东西，动作也就不那么灵敏了，雷豹看准机会，刺出一叉，一下子叉住了魔王的肋骨。

　　魔王为了保命，只好乖乖地交出了钥匙。

　　云仙子打开了魔宫，把火取出来，还给了人间，又把魔王锁进了魔宫里，让它永远都不能出来。

　　雷豹完成了任务，带云仙子回到了天宫。三公主见他们回来非常高兴，为他们举行了隆重的婚礼，又封雷豹为火神，云仙子为烟神，掌管这世上的烟和火。

　　大足石刻是摩崖造像的石窟艺术的总称。在四川省重庆市大足县，大足石刻群有七十多处，其中最著名的是宝顶山和北山摩崖石刻。这些石刻以佛教造像为主，是中国晚期石窟造像艺术的典范。

种子的起源

　　从前有一位少年与天神的女儿结为了夫妻,生活在天宫里。但是少年日夜思念人间,便决定带妻子一起返回人间。天神舍不得女儿到人间吃苦,因为那时的人间是没有种子的。可是女儿执意要走,天神生气了,只准他们带走一颗油菜子和一颗无根种子,并且不许女儿回房跟她的妈妈、姐姐告别。女儿便苦苦哀求,天神心一软,就同意了。

　　女儿含着泪进了屋,妈妈、姐姐都

拿出了许多东西送给她，但是女儿没法拿出去，只选了一颗青稞和一颗麦子含在嘴里，选了两颗胡豆当耳环悬在耳朵上，选了一颗荞麦藏在指甲里。后来，她和少年把这些种子带到了人间，辛勤地耕种，从此过上了幸福的生活。

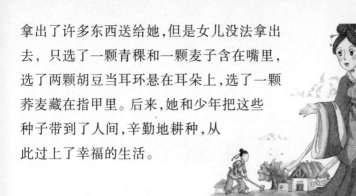

卢沟桥始建于 1189 年 6 月，于 1192 年 3 月完工。两侧石雕护栏各有 140 条望柱，柱头上均雕有石狮，形态各异，据记载石狮原有 627 个，现存 501 个。多为明清之物，也有少量的金元遗存。"卢沟晓月"从金章宗年间就被列为"燕京八景"之一。

月桂树

传说南天门的吴刚和月亮里的嫦娥关系很好。玉皇大帝知道这件事后非常生气,就罚吴刚到月亮里去砍月桂树,如果不砍倒树,就不能再回到南天门。

吴刚砍啊砍啊,半年过去了,眼看这棵大树就要被砍倒了,巡查的天兵告诉了玉帝,玉帝就派乌鸦把吴刚的衣服叼走了。吴刚马上放下斧头,去追乌鸦。衣服是追回来了,可是所有被砍下的枝叶,又全都长回到树上去了。从这以后,只要吴刚一停下斧头,稍微休息一下砍下的枝叶就会重新长回到树上去了。

就这样,年复一年,月复一月,吴刚总是砍不倒这棵大树。传说在每年八月十六这一天,都会有一片树叶从月亮上掉到人间来。

谁要能拾到这片从月桂树上掉下来的叶子,谁就能得到金银珠宝。直到现在,天气好的时候,地面上的人,还能时常看到吴刚砍月桂树的影子呢。

万水千山

寒山寺始建于梁天监年间,坐落于苏州市阊门外的枫桥镇。唐朝诗人张继路过寒山寺时,写过《枫桥夜泊》一诗:"月落乌啼霜满天,江风渔火对愁眠。姑苏城外寒山寺,夜半钟声到客船。"

北斗七星

很久以前，彝家有个撵山匠，他能光着脚底板撵老虎，赤手空拳斗豹子。

一天，天气炎热得像火烤一样，撵山匠仍然上山去打猎。跑了几座山，他口渴难耐，又找不到一滴水，只找到一个又红又鲜的果子。但他却把果子给了一个路上遇到的口渴的老奶奶，又背上这个老奶奶，将她送回家中。

天上有六个仙女，看到了这个情景，很受感动。最小的小妹还悄悄地爱上了这个善良的撵山匠。于是她来到人间，嫁给了撵山匠，一年后，仙女生了个儿子，取名拉普。

　　拉普刚满一岁时，玉皇大帝得知仙女私逃人间，就把她抓回到天庭。仙女被抓走后，拉普的伙伴们经常嘲笑他没娘，还总是欺负他。

　　拉普回家哭着向爹要娘，撵山匠只是流眼泪却不发一言。拉普去问先生，先生翻开天书一看，知道他是仙女的儿子，就告诉他：某月某日，有六只天鹅在天山上的天池里洗澡，最小的那只就是你妈妈。

　　拉普按照先生的指点，果然找到了自己的妈妈。母子二人不禁抱头痛哭起来。这时，别的仙女已化成了天鹅在空中盘旋，她们催小妹快走。仙女没有办法，对儿子说："今天我没法带你一起走，过几天，我会想办法带你走的。"又问拉普是谁告诉他来这里的。拉普说是先生说的。仙女点点头，给了他三个葫芦，叫他回去时摇着第一个葫芦走，见了先生就送他第二个葫芦，回到家里再打开第三个葫芦。

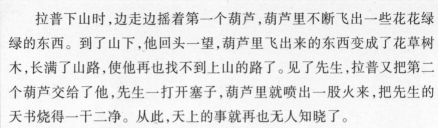

拉普下山时，边走边摇着第一个葫芦，葫芦里不断飞出一些花花绿绿的东西。到了山下，他回头一望，葫芦里飞出来的东西变成了花草树木，长满了山路，使他再也找不到上山的路了。见了先生，拉普又把第二个葫芦交给了他，先生一打开塞子，葫芦里就喷出一股火来，把先生的天书烧得一干二净。从此，天上的事就再也无人知晓了。

拉普回到家，打开第三个葫芦，从里面倒出一粒金瓜子。拉普把它种到地里，长出了一棵瓜秧，瓜秧长呀长，瓜藤一直长到了天上，拉普便顺着瓜藤爬上去找娘。拉普心中时常会出现与娘相见的画面，希望像普

通的孩子一样享受母爱。

如今,每当晴朗的夜晚,我们抬头仰望星空就会发现,北方的天空中,有六颗明亮的星星,那就是天上的六个仙女。离第六颗稍远一点儿的一颗小小的星星,就是去找娘的拉普。彝家人称它为"拉普星"。

万水千山

　　澳门历史城区是中国现存最古老、规模最大、保存最完整的建筑群,这些建筑群中有中国最古老的教堂、修道院、基督教坟场、西式炮台建筑群,还有第一座西式剧院、西式大学。

夸父追日

    在北方的原野上有一座名叫"成都载天"的山,夸父就是住在这座山脚下的一位巨人。北方原野上见不到阳光,终年积雪,阴暗寒冷。只有靠神龙口衔的一支长年燃烧的蜡烛,人们才能见到一点儿光亮。

    夸父非常不愿意过这种生活。他去问一位白发老人:"天地间人们都这样生活吗?""不。"老人说,"南方有光明和温暖,有鲜花和绿树,因为那儿有金色的太阳照耀着。""太阳为什么不照耀着北方呢?""太阳神羲和每天赶着太阳车,清早从东海扶桑出发,晚上回到汤谷。他的行车路线从不改变,所以阳光也从不照耀北方。"

    夸父决心去找太阳,请求她给北方的荒野送去阳光。夸父迈开大步向南方走去,沿途不断发现堆堆白骨。他知道这是追求光明的人的遗迹。

    道路越走越亮。突然,夸父看见东方的天空出现了五彩霞光,旭日东升,金光万丈。顷刻之间,万物欢欣,宇宙间充满了朝气。夸父第一次见到太阳,心猛烈地跳动。他高举两臂向太阳跑去,热烈欢叫:"太阳!太阳! 请到我们那里去吧!"六龙昂首嘶鸣,车轮滚滚,声如巨雷。太阳神没有听见夸父的呼声,风一般飞驰而去了。

    太阳在天空奔驰,夸父在地上呼叫奔跑。他想追上太阳,把自己的心意告诉他。

    夸父一步不停地追啊跑啊,他觉得喉咙干渴,周身像火烧似的。他

看见黄河像一条带子，在悬崖峭壁间蜿蜒流过。他俯下身去，"咕嘟咕嘟"几口，便把黄河的水喝干了。夸父正要起身赶路，见脚面上伏着黄河老龙，哀求他不要把水喝干，那样水族们就无法生存了，夸父很后悔，便一张口，把水又吐在黄河里。夸父又奔跑了一阵，看见清波荡漾的渭河，便俯下身去，三口两口把渭河的水喝干了。人身鱼尾的河神驾车赶来，指责夸父不该喝干渭河的水，使两岸农田没有河水灌溉。夸父很后悔，便把水又吐回了渭河。

夸父忍着干渴，仍然向前跑。他的脚磨破了，每跑一步，都留下殷殷血迹。

夸父遇到一队猎人，便向他们要水喝。猎人们知道了他追赶太阳的原因后，都用敬佩的眼光注视着他。他们把所有的水都送给了夸父喝，还送给他一双崭新的豹皮靴子。

夸父跑进一片光秃秃的石山中。他渴得厉害，觉得身体里的水分就要枯竭了。但他不能放慢脚步，一定要在日落之前赶到汤谷，否则就会失去和太阳见面的机会。

他拼尽全力跑过重重的石山，看见前面有一座桃林，树上结满了鲜桃，夸父心中大喜，便跟跟跄跄地跑过去。但他刚刚跑到桃林边，就跌倒了。桃林中走出两位管理桃林的姑娘,见夸父又饥又渴,急忙摘下鲜桃给他吃。当她们知道夸父追太阳的原因时,就诚恳地告诉他,这里离汤谷还有几千里远,而且汤谷那里干旱得地下冒火,山上生烟。还说希望他能留下来,帮她们管理好桃园。

夸父想起在黑暗中受苦的人们,说什么也不肯留下。他用两位姑娘砍下的一根桃木当手杖,又匆忙上路了。

夸父越跑越快,前面不远就是汤谷了,他看见太阳渐渐下落,就高声叫起来:"太阳,等一等! 太阳,等一等!"脚下又加快了步伐。但是,这时他感到全身像落入熔炉一样,血液和水分在枯竭,皮肤和骨肉在枯焦。靠着坚强意志的支撑,夸父终于在太阳车落入汤谷的时候,拼尽全力赶到了。

夸父用桃木杖支撑着身体,用最后的一点力量,请求羲和把阳光照到阴暗寒冷的北方。羲和敬佩地望着他,微笑着点了点头。

夸父脸上露出一丝宽慰的笑意,他缓缓地倒在地上,安心地闭上了眼睛。他的桃木杖化成了一片桃林,树上结满了鲜桃,留给后来追求光明的人们解渴。

万水千山

　　神农架位于湖北省西部边陲,总面积3253平方公里,林地占85%以上。神农有许多神奇的地质奇观。在红花乡境内有一条潮水河,河水一日三涌,早中晚各涨潮一次,每次持续半小时。涨潮时,水色因季节而不同,干旱之季,水色混浊,梅雨之季,水色碧清。

图书在版编目(CIP)数据

中国神话故事 / 崔钟雷主编.—延吉：延边教育
出版社，2010.12
（智慧书坊）
ISBN 978-7-5437-9106-0

Ⅰ. ①中… Ⅱ. ①崔… Ⅲ. ①神话 – 作品集 – 中国
Ⅳ. ①I277.5

中国版本图书馆 CIP 数据核字（2010）第 215806 号

书　　名：中国神话故事

策　　划：钟　雷
主　　编：崔钟雷
副 主 编：苏　林　李佳楠
审　　阅：李成熙
责任编辑：宋栋国
装帧设计：稻草人工作室

出版发行：延边教育出版社（吉林省延吉市友谊路 363 号　　邮编：133000）
网　　址：http://www.ybep.com.cn　　　　电　话：0433-2913940
　　　　　http://www.tywhcc.com　　　　　　　　　　0451-55174988
客服电话：010-82608550　82608377
印　　刷：洛阳和众印刷有限公司　　　印　张：3.75
开　　本：880 毫米 × 1230 毫米　1/32　字　数：90 千字
版　　次：2010 年 12 月第 1 版　　　书　号：ISBN 978-7-5437-9106-0
印　　次：2010 年 12 月第 1 次印刷　定　价：10.00 元